# 京范儿

崔岱远 著

【增订本】

生活·讀書·新知 三联书店

**图书在版编目（CIP）数据**

京范儿 / 崔岱远著．—增订本．—北京：
生活·读书·新知三联书店，2023.10
ISBN 978-7-108-07670-0

Ⅰ．①京⋯　Ⅱ．①崔⋯　Ⅲ．①散文集–中国–当代
Ⅳ．① I267

中国国家版本馆 CIP 数据核字（2023）第 129583 号

封　面　图　何大齐
插　　　图　王蓝缇
责任编辑　崔　萌
装帧设计　薛　宇
责任印制　宋　家
出版发行　生活·讀書·新知 三联书店
　　　　　（北京市东城区美术馆东街 22 号 100010）
网　　址　www.sdxjpc.com
经　　销　新华书店
印　　刷　三河市天润建兴印务有限公司
版　　次　2023 年 10 月北京第 1 版
　　　　　2023 年 10 月北京第 1 次印刷
开　　本　787 毫米 × 1092 毫米　1/32　印张 9
字　　数　143 千字　图 10 幅
印　　数　0,001–5,000 册
定　　价　49.00 元

（印装查询：01064002715；邮购查询：01084010542）

万宁桥依然稳稳地屹立在原处，它是北京中轴线和大运河这两大
文脉的交汇点。

兔儿爷们一尊尊兔首人身，支棱起两只会摇晃的长耳朵，翘起红线勾出的三瓣子嘴，憨态可掬地笑着，可又笑不露齿，像是特意保持着神仙的矜持。

在大城北京的屋檐下，雨燕安然地孵卵育雏繁衍后代，嘹亮地唱
着古歌已然度过千百年光景。

　　"买一大小哅小金鱼儿来呀哎——"拖着长音，带着水声，充满了京东独有韵味的吆喝怎不让人魂牵梦萦。

皇城根儿，

一溜门儿，

门口站着个小妞子儿，

有个意思儿……

　　　　　　——引自北京童谣

# 目录

## 气脉

# 增订本序言

十多年前，我先后在三联出版了《京味儿》和《京味儿食足》两本书，前一本主要是顺着四季聊北京土生土长的吃食，后一本偏重于从外地先后传进京城又扎下了根的美味。承蒙读者们抬爱，这两本书得以一印再印，头几年还都出了增订本。

可也有朋友说了，所谓"京味儿"也不光是食物的味道，还包括北京生活方方面面特有的那种调性。没错，北京作为千年古都自有其独特的气象，常年生活在京城的老街坊们也带着些跟别处人不大一样的派头。于是我观想着心底那个真切的北京，走访了多位颇有些京范儿的人物，怀着对京城深入骨髓的情感，默默地想，默默地写，出版了《京范儿》，一晃距离这本书出版也过去十年了。

这十几年间北京的变化可是不小，上上下下对古都的保护意识和对老传统的重视程度有了飞跃式的提升。胡同不再拆了，故宫成了网红们穿上古装打卡照相的宝地，好多民间的老玩意儿得以恢复，一些消失多年的老牌匾又挂了起来……这些无疑都是好事。那么《京范儿》再版的时候，当初文章里对京城故旧的种种留恋和惋惜要不要改动呢？我考虑再三，决定不改。当时的文章写的是我当时的心境，代表我当时的想法，那一刻作为记忆永远定格，改是改不掉的。然而，既然是增订本，就应当加些新东西，写些新认识，于是这本书增添了如下几篇新作。

一篇是写大运河的。大运河是北京经济文化的命脉，可以说没有大运河就没有北京城八百年来的繁荣。且不说当初营造紫禁城的金砖、木料，古时候那些京官们穿的朝服，就连过去北京人吃的盐和米，老百姓从早到晚离不开嘴的茉莉花茶，都是由大运河千里迢迢从江南运过来的，要不怎么说北京城是从水上漂来的呢。从前京城里唱戏的说自己是跑码头的，戏班子跑过的码头就在大运河的沿岸，四大徽班正是从大运河一个码头一个码头一路唱着念着开辟了一条通往京城的谋生之路。尽管如今大运河的经济价值已然淡化，但它的文化影响力一直延续着。从颐和园昆明湖，到积水潭什刹海，就连穿过紫禁城的金水河都是大运河中的一小段，北京城的每一股活水都是大运河的水流，整座古都就坐落在北运河水系里。北京，一刻也没离开过大运河的怀抱。

一篇是写中轴线的。中轴线是北京城鲜明的规划特征，这种布局的影响不仅在建筑上，甚至影响到北京人的语言。外地朋友要是在北京问个路，上岁数的人指的从来都是东南西北，而不说左右。为什么呢？因为他们下意识觉得您和他们一样，脑子里有一根正南正北的中轴线，有一条正东正西的长安街，这是他们心里日用而不知的坐标系。北京的中轴线分成三段，中央一段曾经是大内禁地，现在依然肃穆庄重，南面的前门大街和北面的地安门大街则属于百姓生活区，充满着浓郁的市井风情。中轴线把宫廷文化和市井文化串联起来，共同组成了北京城的脊梁背儿，传承着千年古都特有的气脉。

新增的"龙须沟"一篇原本是北京作协的一次约稿。为了写这篇文章我特意走访了几位打小在龙须沟边长大、排演龙须沟人版《龙须沟》的老街坊们。尽管地理上的龙须沟消失得连一块路牌也没能留下，但诞生于这一片生活的话剧《龙须沟》却常演常新，这出戏和那处曾经叫作龙须沟的地方，真切地反映了北京南城七十多年的变迁。在北京的上上下下，《龙须沟》像样板一样存在着，从未落幕。

楼燕学名北京雨燕，和古都有着千年的缘分。近几年来这种候鸟的知名度飙升，其形象在北京奥运会、建国70周年庆典、北京中轴线申遗等等重大活动里频频现身，不仅因为它是唯一以北京命名的飞鸟，更是因为近年来才破解的雨燕的迁徙路线与"一带一路"有着惊人的重叠。这些年北京的生态环境确实越来越好，经常能见着各种从前不怎么常见的野鸟。到大自然中观鸟不再仅限于专业人士，这同时也成了不少普通人新的生活方式，作为生态明星的北京雨燕在这方面自是功不可没，因此特意补了一篇写北京雨燕的短文。

北京人善于在生活中寻找快乐。乐以忘忧是古都上至达官贵人下到贩夫走卒共同的生活志趣。或许，这也正是几百年来生活在日下春明之地的皇城子民面对种种纷繁复杂的风云变幻所养成的一种独特生存智慧吧，于是我写了京城里一年四季的各种乐事——春风、夏虫、秋泥、冬水四季之乐于京城生活不可或缺，是这座城市独有的文化现象。

本来还想写一篇关于北京话的文章。北京话生动幽默耐人寻味，北京话礼貌清亮听着舒坦。北京话有着自己独特的语言魅力，很多表述方式和读音规律跟普通话截然不同。比如"歇了虎子吃烟袋油子——抖起来了"听着是不是很幽默？"平地抠饼"是不是很形象？"黑不溜秋""酸不拉叽"是不是比单一个"黑"或"酸"显得更生动？"您里面请"是不是让人听着特舒坦？

北京话作为古都文化的一部分，无论用词还是声调都带着宫廷文化深刻的烙印。然而不能回避的是，金中都、元大都，还有清代的三百年间，在京城坐金銮殿的那些人都是来自北方的少数民族。直到现在北京话的日常用语里依然残存着很多历史的痕迹，就像表示迅速的"马上""立马"，表达客气的"劳驾"显然是从马背民族传下来的，类似的还有表示罕见的"羊上树"。老北京话里有一些词写出来和念出来完全不一样，比如"浣痕"可能没几个人能读得对，它来自女真语和满语"水纹"的读音，念成"é lìn"，意思是经水或汗浸泡的布上留下的痕迹，这个词在我小时候还经常听见，现在已经很少有人用了。

北京话里儿话音和轻声特别多，用法复杂而细腻。著名的商业街"大栅栏"，北京人绝不会照着字面读出来。"细发""别价"若不用轻声收尾完全不明白是什么意思，"肉头"用不用轻声念含义很不一样，"二上""开化"即便读了轻声现在大部分人仍然是一头雾水。类似地，"压根儿""褡节儿"不读儿话音就不知道在说些什么，"早点"和"早点儿"也完全是两回事。要讲发音，写出来可就难了，很多北京话本来就有音无字。再者，所谓京味儿语言更多地表现为一种腔调和韵律。我做讲座的时候就曾经随便拿一篇报纸上的新闻报道，分别用普通话和北京话读出来两种不同的感觉，好让学生们明白什么是北京话。北京话里很多语意上的微妙区别单靠几行字很难讲清楚，就像"姥姥"在某种语境里表示"绝不可能"而非"外祖母"，"爷们儿""爷儿们""爷们"体现的是三种不同的人伦关系。

北京城日新月异，北京话也在不断发展变化。我在整理老舍先生著、焦菊隐先生改编的第一版《龙须沟》舞台剧本的时候就发现，当时来自那一片生活的活生生的市井语言，现在已经很多人听不明白了，比如代表收入的"抓挠"，代表过分的"太以"，现在很少有人这么说了。这几十年来，有些北京话的词义发生了明显的改变，像很多人爱说的"局气"，原本的意思是公正、守规矩，现在一般人理解成了宽容大度。如今已婚女士们把"老公"一词挂在嘴边体现的是亲切甜蜜，而上岁数的老北京人听到这个词会想到完全另一种意思，心里觉得挺别扭的。

　　旧城人口的迁徙，外来人员的增加，甚至交通的便捷让北京话的特色越来越淡。四五十年前生活在南城的人和生活在东西城的人说话的韵律和用词有明显区别，二十几年前单凭语调还能够分清哪位是通州人、顺义人、房山人、大兴人，如今这是不可能的。北京话的地域性和阶层性越来越模糊了。讲北京话究竟以哪个时代为准？以哪个地域为准？以哪个社会阶层为准？口头语是为了传达信息交流情感的，如果某个词或某种用法极少有人用了，探讨它的价值又在哪里呢？这些问题靠一篇短文怕是讲不明白，在这个增订本里只好暂且放下。

　　当初写《京范儿》涉及的那些人，有些功成名就，有些光荣退休，有些换了工作，有些去了远方，有些联系不多却常常想念着，还有些永远离去再不忍提起……十年间人世沧桑，他们中的大多数依然在京城里一天天忙着谋生，过着简单却不乏乐呵的小日子。他们来过这里，他们在这里，他们走过北京长长的光影。这本书寄托着我对他们的情感，寄托了我对北京的无限眷恋。

崔岱远

2013 年端午

# 京范儿是什么？

一个地方有一个地方的韵致。一个地方的人有一个地方人的品性。这种韵致和品性又相互影响着，共同滋养出了属于这一方水土的人文精神。

比方说：孔圣人家乡的山东人就像稳重的泰山和雄浑的黄河，淳厚崇礼又习劳耐苦，体魄也大都健硕魁梧。山西的土地并不丰腴而且雨量偏少，那里的居民勤勉雍和，有经济头脑，使得晋商票号曾一度遍布各地，在经济界有雄厚势力。广东人本来就刚劲直捷，近代以来和海外接触较早，所以培养出鲜明的民族意识；喜经商，好远行，足迹遍布海内外各大商埠。再比如广西人坚毅健捷，湖南人勇武果断，江西人淳朴诚恳，四川人秀慧坚韧……更典型的是，有些地方虽然离得不远甚至同属一个行政区划，可由于环境不同民风却有着明显差异。就像同属江苏，江北人壮直勤朴，一江之隔的江南人则温雅颖敏。一方水土一方人，其独特的品性无不是从那片滋养了他们几千年的土地里长出来的。

北京城里没有深厚的泥土，更没有高山大河。北京城是在平地上由人构想，又经人工兴建起来的。六百年前，十万工匠百万役夫在这里盖起了光彩绮靡的紫禁城。紫禁城周围的皇城圈里绿水蜿蜒、寺庙雄伟，树木葱茏茂密的园林宛如仙境。皇城之外，青砖灰瓦勾勒出的胡同群落交错有致，一排排瓦垄犹如凝固的排浪涌向遥远的天际线……北京城就是用一砖一瓦盖出来的一个梦，一个先人们心底近乎完美的梦。

因了首善之区特有的凝聚力，几百年间，中华大地之精华尽汇于此。无论是珍奇物产还是风流人物，都从天南地北奔向这座古城——从南北的运河乘船而来，沿东西的长城纵马而来，让这座凝聚了神州瑰宝的古都孕育出了与众不同的气韵。这气韵就像一位高手所练的太极拳，舒缓缠绵中蕴藏着深厚的力道。不管您从何方来，只要在这儿住长久了，这气韵就会如影随形，举手投足间不由得沾染上了京城的做派和品性，自然而然地，也就培养出了些京范儿。

最能体现性情气韵的是住家户儿，是五行八作、衣食住行、柴米油盐，是老百姓居家过日子。其实，那些灵动的生活和琐碎的规矩就是文化。所谓传统并不玄奥，只不过是先人们曾经有过的生活状态。只是那时候人们过得用心，过得仔细，给淳朴的生活加进了审美的眼光，有意无意地带上了些仪式感和自信力罢了。即便当初的生活环境已然不在，却总有一种传统和规矩，一种文化的积淀值得记忆吧？细细揣摩其中的道理，取舍之间，兴许会让今天的日子过得更滋润。

对于平地盖起来的文化古城而言，祖宗留下的建筑就是它的气脉。北京最重要，也是最独特的建筑群落当属故宫。然而，六百多年来，它从来不是孤零零地立在那里。它和胡同与四合院构成了一个不可分割的整体，就像一个人的头颅与胳膊腿的关系；它影响着皇城子民生活的细枝末节，让京城里无处不显现出宫廷的影子。象征北京文化的京戏是从宫里兴盛起来的，代表民俗的天桥撂跤是从宫里传出来的，精巧的烟壶是在宫里诞生的，就连最接地气的卤煮也是从宫里的苏造肉演变过来的。生活在红墙碧瓦周围的人们简单、自然、流露着真情，像一首纳兰性德的词。他们成就不了大的功名，却永远彬彬有礼，永远精致细腻，永远成人之美，也永远带着些天子脚下人特有的自尊。

提起北京，当然不能不说故宫。如果没有故宫，北京也就不能称其为北京了，胡同和四合院也就失去了意义。可离开了胡同和四合院，故宫的意义又何在呢？没有了胳膊腿，即便是再漂亮的头颅看起来是不是也很怪异？所以我写了胡同和四合院，当然也写了故宫。我试图写一些您没太注意过的故宫，比如御花园里的那块琴砖，传说中的那条密道，还有故宫周围的百姓生活，故宫与普通人家的关系。

玩儿，是人的天性。完全出于兴趣的玩儿，最能反映出人性的本真。北京人喜欢玩儿，善于在各种各样的玩儿中找乐呵。不仅玩儿得精细，玩儿得从容，玩儿得优雅，而且还玩儿得非常勤奋、讲规矩，以至于无论玩儿什么都非得玩儿到极致不可。您没见那些遛早儿的人，每天早起必得按照固定的时间，沿着固定的线路，手里把玩着固定的器物——那才叫遛早儿，和您饭后的散步完全是两码事。

而那些玩儿花鸟鱼虫、琴棋书画的简直就是一门很深的学问。北京人特有的派头和神采，也正是在这些专心致志的玩儿中慢慢滋长出来的。北京人玩儿得上瘾，而实际上这也正是一种"隐"——大隐隐于市的"隐"。在这块翻云覆雨、风口浪尖儿的土地上要想活得安稳，玩儿，有时是最没办法的办法。

地道的京范儿到底是什么？一两句话我还真说不清。很多人心目中的那种风格、那种气质、那种神采大概形成于清末到民国，一直延续到上个世纪80年代初。那时候，人们还到副食店打芝麻酱，家里煤球炉子上的水壶还"呱啦呱啦"地响着；那时候登上钟楼，还能看到结构清晰的胡同群落，筒子河畔还能听到清亮透彻的胡琴儿声。如今，那种生活方式基本已经消失，那些胡同和四合院大多已经拆了，唯有北京人嘴边儿的京腔京韵还在……

清明节前一天，我来到什刹海银锭桥畔。庆云楼的润润从小就生长在这里。过几天，她将要和丈夫去海外生孩子。这一去就得几年吧，作为惺惺相惜的同乡，我特意来道个别。"生完孩子你们还不在那儿定居了？"我问。"那不会。孩子一两岁就回来。一切后续工作我都安排好了，在这儿报户口，在这儿上幼儿园……"润润笑答。"那这大老远地去？"我诧异。"嗨！那儿空气干净，各种吃的也放心，或许能对孩子好吧？"她语气里带着无奈。稍微顿了顿，道："不过，我们是北京人。我和孩子都离不开这儿。这儿有我们的根。"

言语间，润润陪我登上了楼顶的平台。面前是波平浪静的什刹海，背后是雄伟的鼓楼，稍远一些是清俊的钟楼，两座巨大的艺术杰作在午后的阳光里耸立着，让人看着心里踏实。钟鼓楼间还保留着不大的一片老院子，房顶上杂乱地架着空调和太阳能吸光板，瓦垄里暗黄的蒿草尚未返青。尽管外表凌乱衰败，但那铭刻着记忆的砖瓦仍能显现出那里曾经有一片最美的家园。

"我小的时候，这一片安静着呢。现在可好，不分白天黑价，挤满了旅游的。就感觉吧，当初的味儿变了。"她像是在自言自语，又像是在对我说。

不远的地方，高高耸立的吊车旁正在挖一个巨大的坑，钢筋网架已经铺好。看那阵势，别又是在盖一座魔幻主义的大楼吧？

我想写出一个真北京，一个北京孩子心底的北京。那里有蓝天、白鸽、红墙、灰瓦。那里的老街坊们不紧不慢行走在胡同里夕阳下长长的光影间，永远礼貌客气，永远体面干净，永远恬淡随和，带着京范儿，过着简单而讲究的日子。

在我心里，那个北京是不朽的。

崔岱远

2013 年立夏

气
脉

# 老北京的脊梁背儿

北京城有条中轴线。中轴线的起源是一棵树。

忽必烈建大都，问太保刘秉忠该怎么确定都城轴线方向。刘秉忠建议，以丽正门外第三座桥南那棵孤零零的大榆树正午时分的树影作为标准，从此北京城有了中轴线。忽必烈封这棵树为"独树将军"，还特意赐了块金牌。

元大都时代"独树将军"可谓地位显赫。诗人张昱所作的《辇下曲》里有这样的描述："四面朱阑当午门，百年榆柳是将军。昌期遭际风云会，草木犹封定国勋。"看来当时这棵作为立城之本的大榆树是郑重其事地用朱漆栏杆围护起来的。那时候，每逢元旦朝会、皇帝过生日的圣节、元宵节这三个重大节日的夜晚，都要在这棵树上挂满高高低低的彩灯。打远处望去，整棵大树就好比一条自天而降的火龙那么耀眼、那么漂亮。大树的周围是熙熙攘攘的集市，各种小吃，像卖枣面糕的、卖酒肉茶汤的……应有尽有，游人到了这里无不流连忘返。

如今，北京城的中轴线依然分明可见，"独树将军"却早已寻不到踪影。至于它的准确位置，现代学者对比了各种文献，运用传统"参望"之法，结合实地科学探勘，推断其应

北京南城的中轴线，从正阳门开始，直到南端的永定门，是清朝皇帝从紫禁城去天坛祭祀的重要通道

该就在正阳门的箭楼前。

正阳门的箭楼北京人俗称前门楼子，或者叫大前门。自打明代正统年间盖起了这座箭楼，它就一直是老百姓心目中北京城的标志。老话说"前门楼子九丈九，四门三桥五牌楼"，前半句是形容前门楼子高大巍峨，后半句讲的是整座正阳门包括了城楼门洞、箭楼门洞和瓮城上左右闸门一共四个门洞，再加上护城河上三桥并行的正阳桥，还有桥头六柱五间的大牌楼，这就是老百姓说的五牌楼。

对于门的理解古人跟现代人不太一样。古人所说的门并不限于人车进出的那个门道，而是包含了城楼、瓮城、箭楼等等一组完整的建筑。这就是为什么正阳门城楼上高悬的竖木匾写着"正阳门"，而箭楼门洞上方镶嵌的横石匾也写着"正阳门"。事实上并不存在一座挂着"前门"牌匾的门楼，这只是老百姓特指正阳门箭楼的口头语。在北京城的内九门里也只有正阳门箭楼正中开了个门洞，为的是方便天子的龙辇沿中轴线经过这里去天坛祭天。进出其他城门都得绕过箭楼走瓮城两侧的闸门，古人这么设计是为了安全。

正阳门的瓮城连同两侧的东西闸门1915年就已经拆了，正阳桥也只能在老照片上才能见到，五牌楼这几年原地复建起来，牌楼上方写着原先的桥名"正阳桥"，五牌楼往南延着中轴线是一条笔直的大街，这就是著名的商业街——前门大街。

很多人心目中的中轴线是整肃威仪的，因为这条并没有画出来却明确存在的"京城龙脉"上有雄伟的天安门，有庄重的紫禁城，有着那么多国家标志性的符号。可毕竟"金瓦金銮殿，百姓看不见"，在元明清三代近六百五十年的历史里，中轴线中央那一片红墙金瓦围成的区域一直都属于皇城大内，是平民根本不可能涉足的禁地。老百姓日常生活中可以切身感知的中轴线是商铺林立的前门大街，最显著的地标是抬头就能看见的前门楼子。

前门楼子在北京话里是个特别亲切的字眼儿。您要是跟一位老北京说"我说前门楼子"，他准能接出好几种下半句来，什么"你说胯骨轴子""你说热炕头子""你说镴枪头子""他说糟老头子"……充满了人情味儿，意思都是被说的那位特能打岔，特能抬杠。类似的俏皮话太多了，比如说一个人爱吹牛不靠谱儿，叫作"连前门楼子都敢扇呼"。如果嘲讽一个人充阔有钱，会说他"真有钱去买前门楼子呀"。这句话有个典故，据说民国时候，前门大街鲜鱼口的长春堂中药铺靠卖避瘟散发了大财，还就真买过一回前门楼子。

前门大街从明代开始一直到上个世纪末一直是商铺林立的繁华闹市。清代画家徐扬绘制的《京师生春诗意图》栩栩如生地描绘出乾隆三十年前后前门大街是怎样一派热闹的景象：大街上车水马龙，街边人头攒动，悬挂着"苏杭杂货"招牌的店铺门口，伙计们正忙碌地帮顾客挑选衣料。高挑着"奶子清茶"幌子的商铺头里是一溜卖箩筐的地摊。卖旧货的摊位紧挨着卖古书的摊位，那架势不由得让人想起今天的潘家园集贸市场。卖粳米粥的正捧着两碗热粥端给坐在地上歇脚的食客，他边上那位爷手里捏了个热烧饼正准备付钱；载粮食的马车相跟着载草料的马车从他们身边经过奔着五牌楼方向走去。有四个仆人牵马的轿车里必定是位进京办事的官老爷，后车帮上还坐着个伺候的小书童。还有一位小伙子站在代书家信的摊位前正等待里面的先生写信给远方家人报个平安……浓郁的市井气息从画卷上扑面而来，仿佛连那悠扬的叫卖声也时隐时现。

再来看看清代这条街上店铺的名称，就更有意思了。同治年间绘制的《京师城内首善全图》里明确标注了从五牌楼到天桥这一道上的字号，路东依次排列着肉市、瓜子

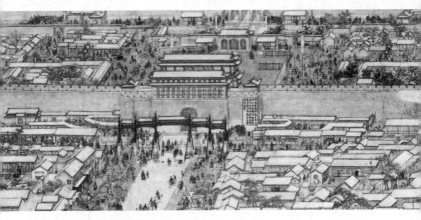

《京师生春诗意图》，(清)徐扬绘

店、果子市、草市，路西则有珠宝市廊、粮食店、厨子营，一直到后来改名叫珠市口的猪市口。过了猪市口，有个穷汉市很值得一提，拿今天的话说就是小时工人力市场。那时候前门大街买卖家多、生意兴隆，经常需要些扛大包的、拉车的、卖苦力的零工，才会培养出这么个穷汉市。可以想象，这每个字号背后都记录着一派生意兴隆，每一家店铺里都曾经热闹满盈。

　　前门大街上这种商贾云集、人头攒动的繁华，打明代起一直延续了几百年。尽管这条从五牌楼到珠市口的街道仅有八百多米长，辐射力却是整座北京城。若是算上附近延展到两旁巷子里的店铺，可以说这一带的商家曾经和京城每一个住家户都发生着千丝万缕的联系。这条街早年间

7

被生动地叫作"老北京的脊梁背儿"，驮着的是京城上至达官显贵下到平民百姓各色人等的日常生活，从明代一直驮到上个世纪中叶。

若要问一位地道的老北京原先前门大街是什么样子的，他根本不用看地图，闭着眼睛就能一家挨一家数落出街面儿上那些老店铺。有谁家没在路东的大北照过结婚照和全家福？有谁小时候没唱着"水牛儿，水牛儿，先出犄角后出头"，吃着爹妈从路西月盛斋买回来的烧羊肉？前门外的广和楼、广德楼、三庆园、庆和园等七家戏园子捧红了多少京戏名角？又有谁没穿过八大祥的布料做的衣服？廊房头条的劝业场曾经是北京最时髦的百货楼。大栅栏的同仁堂靠丸散膏丹救过多少人的性命。天兴居的一碗炒肝是听过戏之后必吃的小吃。六必居的酱菜也可以成为送朋友的小礼物。

老北京称呼前门大街的店铺有个特点，就是只说前半截的字号，很少提后半段的功能名。比如一提"大北"谁都知道是照相馆，一提"亨得利"谁都知道是钟表行，一提"都一处"首先想到的是鲜香的烧麦，一提"通三益"嘴里就像含了勺秋梨膏……好像听者天经地义就应该知道这些店铺是干什么的，根本不需要解释。全聚德是卖烤鸭的，一条龙是涮羊肉的，盛锡福是卖鞋帽的，庆林春是卖茶叶的，这些简直就是生活常识。谁在前门大街上没有一两家中意的店铺呢？

当然也有一些小众的门脸儿，可正因为小众，别的地方少有，再加上它开在永远人流如织的前门大街，知名度却一点不小。就像大栅栏东口的公兴是专卖各种纸张的文化用品店，过年写春联用的整张大红纸，学生刻剪纸用的五颜六色的电光纸，住平房糊顶棚专用的大粉纸和毛刀纸在公兴都能买得到。老正兴、功德林、祥聚公、永义合、普兰德、龙顺成、庆颐堂……老北京人随随便便就能说出不下十几家前门大街上的店铺。那些大饭馆、杂货铺、茶叶庄、鞋帽庄与人间烟火紧密交融在一处，曾是多少人生活之必需。大家吃吃喝喝之后，乐乐呵呵地走在熙熙攘攘的前门大街上，东逛逛西瞧瞧，只觉得街北的前门楼子高又高，街南的珠市口闹吵吵，没有谁留意自己脚下踩的正是了不起的中轴线。前门大街透着亲近随和，道出了属于老百姓的家长里短。

一般说来，有前门就得有后门，可北京的内城并没有一座与前门正对着的后门，而且无论元大都还是明清时代的北城墙正中都不开门。据说这是因为古人依照八卦规划都城，

9

正北方为坎位，《周易》里说"坎，陷也"，这个方位不宜开门。可有意思的是北京却有一座后门桥，就架设在地安门外鼓楼正南什刹海与通惠河相连的水道上。这座桥曾经与"独树将军"遥相呼应，也建于忽必烈时代，大名"万宁桥"，"后门桥"是老百姓对它的俗称，所谓后门应该是指现在已经不存在的地安门。

后门桥到鼓楼之间是和前门大街一样建在中轴线上的一条笔直的商业街。若是依据《周礼·考工记》上"匠人营国，""前朝后市"的讲究，这条街更有资格成为生起人间烟火的闹市。老北京曾用"东单、西四、鼓楼前"来形容街市的繁华，所谓鼓楼前指的就是这条街道。元代的时候这里紧挨着积水潭漕运码头，文献记载，当初这一带曾有过骆驼市、牛马市、鹅鸭市、羊市、米市、面市、绸缎市、皮毛市……其热闹程度可想而知。

明代永乐迁都之后，把皇陵设在了上风上水的昌平，正是大运河的源头白浮泉所在之地，为了不惊扰到历代祖宗安寝，漕运的终点码头由积水潭迁到了东便门角楼下的大通桥，那些精致的南货从大通河沿着水道直接运进了南护城河，一下就能到前门外。渐渐地，前门一带成了漕运货物的集散地。明代中叶的一个夏天，天降大雨水漫京城，为了泄洪，护城河东南开了个口子，于是便有了前门外三里河，这么一来，运输就更方便了。前门一带的鲜鱼口、水道子、西河沿等等这些跟水有关的地名就是那时候留下来的。从此，前门大街两旁"市民搭棚盖房，居之为肆"，京城的"市"也就由"朝"后搬到了"朝"前。

清代京城实行"旗民分治"，大量具有购买力的人家迁到了前门大街两厢的胡同里，这些人家手使手用的东西都要在前门大街置办。加之内城不许有戏园子等娱乐行业，城里的旗人为了听戏找乐呵也频频光顾前门外。大街两旁日渐店馆林立、棚房栉比，繁盛程度一下子远远超过了鼓楼前。到了清末，虽说漕运停了，可是火车站建在了前门，"火车一响、黄金万两"，这条大街继续热闹了一百年。

即便如此，在清代，皇城背后鼓楼前那条古老的商业街也依然算得上百货云集，街面上茶馆、饭馆、烟铺、药铺、油盐店、裁缝铺、澡堂子无所不有。这条街挨着什刹海，为了方便人们七月十五的时候放河灯，当然还少不了纸铺、香烛铺。现在后门桥边的天汇大院正是首屈一指的大茶馆天汇轩的故址，当初这里的场面就像话剧《茶馆》里的老裕泰，可谓京城里五行八作、三教九流会聚的社交宝地。路东的新华书店曾经是大布庄永通城,细看建筑结构,仍能看出当初布店的老样子。鼓楼前的油盐店最有意思,字号"大葫芦",门前真就挂了个超大葫芦当幌子,格外醒目。

如今这条街叫地安门外大街,街道两旁还能看到不少建筑保留着老商铺的模样,依然能依稀感觉到这里曾经商贾云集的气象,一家家算不上大的店铺比现在的前门大街显得更接地气。脊梁背儿上的中轴线在这条街上已经彻底融进了都市的血肉,唯有深深触摸才能感知它的存在。南来北往的路人每天匆匆经过,公交车每天飞驰,人们并不觉得这条大街有多么与众不同,就像大隐隐于市的老者讲着些鸡毛蒜皮、针头线脑的琐事,承载着黎民百姓安稳的生活。

# 大运河，小金鱼儿

有道是"水上漂来的北京城"，意思并不是说整座北京城真的像大船似的是从水上漂来的，而是说当初营建北京城所用的砖石、木材等物料都是从水上运过来的。承载了整座北京城的水，指的正是贯通南北的京杭大运河。

当初忽必烈任用郭守敬主持"白浮引水"工程，为的是沟通南北漕运，把江南各色物产千里迢迢运进元大都里头来。郭守敬奇思妙想，引昌平神山白浮泉之水西折而南兜了个大圈子，循山麓绕行六十多里，汇西山诸泉注入瓮山脚下的一片水泊。瓮山泊自此成为大运河最北端的水库。大运河有了源泉，北京城从此有了活水。一座大城，有了活水也就有了生机、有了灵性。到了清代，乾隆爷为给母亲祝寿在此修建清漪园，赐名瓮山万寿山，这片水也改名叫了昆明湖，据说是效仿汉武帝在长安开凿昆明池操练水军的典故。

昆明湖的名字一直沿用至今，只不过现在看到的山和湖是经过乾隆年间扩湖堆山修整过的，比郭守敬时代要大了不少。有人说乾隆下江南留恋杭州的西湖美景，于是把昆明湖修成了西湖的模样，这个因素即便有也是次要的。无论是元代的瓮山泊还是清代的昆明湖，最主要的功用都是为了给在平原上载舟行船的运河提供充足的水源。要说联系，那就是昆明湖和西湖恰恰是京杭大运河一北一南遥相呼应的两座水库。有意思的是昆明湖在明代还真叫过一阵子西湖。

按现在的地名来说，昆明湖水通过颐和园东南角罗锅似的绣漪桥流入长河，流经长春桥、麦钟桥，流过紫竹院北的广源古闸，一路从西北方向向东南斜着流进城垣，注入积水潭，忽见烟波浩渺望不到尽头。这一大片水域在元代叫海子，曾经是大运河北端最大的漕运码头，也是元代国家尺度上的"内港"。作于元代的《大都赋》将这里描绘为"扬波之橹，多于东溟之鱼。驰风之樯，繁于南山之笋"。可以想象当时的积水潭码头是怎样一派繁盛景象。到了明代，这一片水域逐渐缩小，形成了今天湖光水色断续相连的前海、西海、后海三海景象。

都说北京是块风水宝地。打开河流水系分布图你会发现整座古都就镶嵌在北运河水系的正当中，城中三海的流向和北运河水系的走势几乎完全一致。北京常刮西北风，风拂过前海、西海、后海三海的水面，正好滋润了建在这片水域东南角的皇城，让禁锢在宫廷高墙里的人也可以感受到水草的灵气，这就是北京的大风水。何止是皇城，京城的任何一条胡同里凡是坐北朝南的四合院街门必会开在东南角，而坐南朝北的院落街门都开在西北角，这样开门正是为了顺应北京的风水走向。生活在京城里的人就是这样不知不觉间与天地自然连通着。

汇于三海的运河之水经由郭守敬凿渠东下开挖的水道一路穿闸、过坝、走涵，奔涌向东，流到通州张家湾，最终与潞河交融到一处，浩浩荡荡流向了江南，这条水道是北京城八百年的命脉。京杭大运河可不仅仅运来了元明清三代皇宫支撑殿宇的楠木梁柱和铺地用的江南金砖，就连这八百年里

15

北京人吃的粮米、咸盐，喝的茶叶，古时候那些京官老爷身上穿的绫罗绸缎，进京赶考的举子和京城里的文人写字画画用的笔墨纸砚，乃至于老百姓日常生活用的一些小零碎儿，没有一样不是从大运河运过来的。京城里的人无论富贵贫寒谁家的衣食住行也离不开大运河，只不过日用而不知罢了。早年间京城的闹市里都会有南货店，专门经营从江南来的种种物产。描写京城的文学作品同样也少不了大运河，只不过很多人没读出来。小说《红楼梦》一开始就交代了林黛玉是从扬州沿大运河乘船来的京城，而她父亲林如海的官职正是扬州地界的巡盐御史。

据《元史》记载，当年忽必烈路过积水潭，站在新建的澄清闸万宁桥上，看见漕运码头舳舻蔽水，不由得心中大悦，向东一指，将这条新开凿的水道命名为通惠河，这个名字一直沿用到现在。或许当初忽必烈的用意是让大都通过漕运得到实惠吧。从此以后京城的各色人等也确实都因为这条血脉之河得到了数不尽的实惠。仅在元代中后期，每年就有二三百万石米粮经过通惠河从江南运进都城里。

如今万宁桥依然稳稳地屹立在原处，它是北京中轴线和大运河这两大文脉的交汇点。万宁桥上每天行驶着大大小小各种车辆，车上的过客们或许并未意识到承载他们的古桥已经七百多岁高龄了。桥两侧的汉白玉栏杆有些酥烂得只剩轮廓，有的虽然陈旧但还依稀能看见石刻花纹，也有几块明显是近现代换装上去的。或许历朝历代都是到了桥栏破得不能再破的地步才换上块新的，如此竟然把古桥陆陆续续修补出了斑驳的沧桑感。不过倒也好，这些来自不同年月的石头拼接到一处，竟然无声地讲述了一段光阴的故事。你若凭栏东望，但见流水清澈、蒲草葱绿，有新修的栈道挑台、水榭曲桥装点于河道两岸，恍然间宛若来到了江南，那是新近修整的通惠河玉河遗址公园，供游客们追忆运河当年的神韵。

北京的地势西北高东南低。当初郭守敬为了能让漕船从通州进城一路平稳溯水而上，曾经在这段运河上建造了二十多座船闸，离闸一里多再加设斗门，相互配合开闭就可以控制水流节水行舟。这些船闸的遗迹如今已所剩无几。紫竹院的广源闸还能看见闸墙、闸基和四只完整的吸水石头兽。万宁桥西还保留着澄清闸的绞关石和闸门槽。相对完好的要数高碑店的平津闸。就在高碑店村北口的运河故道上还保留着两块完整的挑闸板，绞关石上的石孔依然完好。当地的老百

天津至北京段的大运河

姓一直把闸北这片相对宽阔的水域叫作"老闸窝",现在它的大名叫高碑店湖了。

　　高碑店在元代之前叫"郊亭",按照《元史·河渠志》的记载是在元贞元年改名叫平津的。平津闸建于至元二十九年前后,也就是郭守敬开凿通州到积水潭这段运河那一年,从此这里有了码头。有了码头也就有了店铺,也就形成了热闹的集市,当地的地名由"亭"变成了"店"。日久天长,高碑店一带渐渐以漕运为生的南方移民居多了。

到了清代中晚期，通惠河的漕运逐渐衰落直至荒废，地处通州和京城中间的高碑店码头演变成了自然村落。然而，人身上传统的印记是抹不去的，这里的民风仍然保留着浓郁的运河气息，甚至影响到了整个北京的风俗。船民的子孙自然还是靠水吃饭。高碑店的村民们在临近老闸窝一带地势低洼的地方挖了大大小小的鱼坑引水养鱼。这些鱼可不是用来吃的。喝运河水长大的村民受了几百年往来客商的影响，最擅长的是生意经，他们养的是专供城里人玩的小金鱼儿。

　　在北京话里，金鱼和金鱼儿是两回事。金鱼，指的是老辈子供皇宫里赏玩的各种龙睛鱼，大尾巴在清水里铺散开来，优哉游哉，像朵花似的那么漂亮。金鱼养起来挺不容易，价格也金贵，买主自然就少。金鱼儿，指的是不怎么值钱的金红色小草鱼儿，一寸来长，以二尾的居多，偶尔有几条四尾支棱着，也谈不上多飘逸。小金鱼儿卖起来便宜，养起来容易，需求量特别大，养上几条小金鱼儿是过去京城里家家户户的男孩女孩们最寻常的游戏。从前，不论有钱的还是没钱的人家，大人都喜欢给孩子买上几条小金鱼儿养活着。老舍先生在话剧《龙须沟》里就专门把穷苦孩子小妞子和她喜欢的小金鱼儿当成了全剧的重要线索。直到今天，卖小金鱼儿的叫卖声依旧和胡同连在一起，深深地印在很多老北京人的记忆深处。"买一大小哎小金鱼儿来呀哎——"拖着长音，带着水声，充满了京东独有韵味的吆喝怎不让人魂牵梦萦。这吆喝声来自那些挑着担子走街串巷卖小金鱼儿的小贩，他们几乎全住在老闸窝边上的高碑店。

卖小金鱼儿的一年四季都有，尤其以春节前后的一个月最盛。在那个时候卖小金鱼儿的也叫卖冻秧子的。通常是肩上一副扁担，前面挑个加了席盖、裹了棉套的扁圆大木盆，盆里装着大大小小的小金鱼儿，后面挑的荆条筐里用干草包裹着一摞小玻璃鱼缸。遇见主顾，缸里装进水和鱼，用草包严实了递过去，保证端到家里冻不死。鱼在中国传统文化里寓意着"吉庆有余"，代表着顺利、生机、财源广进。养在透明玻璃缸里红彤彤的小金鱼儿也就成了应景的春节礼物。每到过年的时候，家家户户的条案或八仙桌上都会摆上一缸闪眼的小金鱼儿，给节日添些喜气。高碑店的小金鱼儿成了京城年节风俗里不可或缺的一部分，在城里挑着担子卖小金鱼儿也就成了代表高碑店的特色行业，以至一提到小金鱼儿很多人就会想起高碑店。殊不知，这小金鱼儿的灵性正是来自那条曾经川流不息的大运河。

可以说，正是在京城文化和运河文化共同影响下的地域环境才让城乡交界处的高碑店因小金鱼儿与城里千千万万的住家户结了缘，也造就了高碑店独有的商农结合的村落文化。在高碑店人的记忆里，过年到城里卖小金鱼儿是维系生计的头等大事。小金鱼儿的旺市在每年腊月十五到正月十五，这个时候高碑店的成年男子都会忙着进城走街串巷，根本无暇待在家里过年，以至于这一带的年味儿显得很"淡"。不过，正应了《庄子》里那话："子非鱼，安知鱼之乐？"也恰恰是这种"淡"才烘托出京城年味儿的"浓"。高碑店人在谋求生财之道的同时也服务了京城的节日需求，这种交流与互补让城与乡各得其乐，这不正是运河所传承的精神价值吗？

高碑店也有热热闹闹过节的时候，那是五月节。这北京最热闹的五月节，是属于江南遗风的五月节，是沿着运河漂过来的活生生的五月节。

# 生活的曲牌

　　北京的胡同，类似于南方的巷子，不但是都市交通血脉的末端，而且是市民生活的聚居地。所不同的是，人需近水而居，南方的巷子大多沿河而建，但北京城里缺少河流，这里的聚居区自然也就围绕着"井"了。有一种说法是，诞生于元代的胡同一词正是来源于蒙古语"井"的译音。

　　在使用自来水之前的漫长岁月里，北京几乎每条胡同里必有一口井。胡同里的居民不管贫富贵贱，吃的用的水都来自这口井。一般来说，每口井上都搭建一个天棚，旁边都会有一间小房，住着专门负责打水的水夫。当初管这叫水窝子。贫苦百姓自然是自己到水窝子去打水，而大宅门儿里的富裕人家，或是住得离水窝子稍远的居民，则可以买水夫推着水车送上门的水。木头轱辘的水车"吱扭扭"地响着推到各家各户的街门口。水夫拔下大水槽下端的小木塞，清澈的井水哗哗地流出来，街坊邻居们就可以在自家门口用上水了。

正是因为胡同和井有着这么深的渊源，所以胡同名字里带"井"字的就特别多。比如东小井胡同、大铜井胡同、三眼井胡同、苦水井胡同等等。著名的王府井大街的名字也是来源于当初边上大甜水井胡同西口的一口水井。

胡同的名字，真可谓包罗万象。或诗意盎然，或谐趣幽默，或洋溢着浓浓的生活气息。这些名字有一个共同的特点，就是简洁上口。像曲牌一样，只用寥寥两三个字，就能演绎出一段浓郁温情的市井戏；只要听上一耳朵，就能永远记在心里。

有的胡同直接以形状特点命名。比方说又细又直的叫细管儿胡同，只有一个出口的叫口袋胡同，环绕三面的胡同叫椅子圈胡同，形状弯弯的叫月牙儿胡同、前拐棒胡同。而叫九道弯、七道弯的可想而知了，定是一条弯弯曲曲的小巷子。

有的胡同是以曾经在这里驻扎过的衙门或机构命名的，像兵马司胡同里曾经是兵马司衙门，钱粮胡同里曾经有过钱粮局。这类胡同里最有意思的就是老舍先生曾经居住过的奶子府，那里在清代曾经有专门选拔给龙子龙孙们喂奶的奶妈的衙门。后来文化人觉得这么写不雅，就改写成了"酭兹府"，不过这个生僻的词老百姓不大认得，一般人还是写成"奶子府"。新中国成立后，老舍先生在这里买下了一所小院子，在院子里栽了两棵柿子树，并把院子命名为"丹柿小院"。

和皇帝家沾边儿的胡同还有各类库房。南池子大街上的灯笼库、瓷器库、缎库是古代给皇宫里存物品的库房。筒子河边的冰窖胡同当然是专门存冰的地方。十冬腊月，人们把筒子河的冰开采出来，凿锯成两尺见方的大冰砖，裹上厚厚的草帘子封存在两丈至深的冰窖里，三伏天取出来供皇宫里和各衙门消夏解暑。禄米仓、海运仓是当初的皇家粮仓。叫"仓"的胡同大多在城东，因为从大运河运来的漕粮都是从朝阳门进来的，存放漕粮的粮仓当然大都在城东了。看似不经意的胡同名，却镌刻着深深的时代痕迹。不过，您可别以为胡同名字是衙门的专利，普通住户照样可以命名胡同，像方家胡同、史家胡同、陈信家胡同……

胡同名可以诗情画意。杏花天、百花深处、芳草地……听起来典雅委婉，那感觉像不像天净沙、阳关三叠、甘草子？藕芽儿胡同、菊儿胡同、丁香胡同、葡萄园……能不能闻到芬芳的花果香？金鱼胡同、青蚨胡同、喜鹊胡同……会不会让您眼前顷刻间灵动起来？不过有的胡同名现在看上去挺高雅，其实原本很俗气。像华百寿胡同是根据胳膊肘儿胡同的谐音发展来的。而高义伯胡同里也从没有住过一位高姓老伯，它原本是叫狗尾巴胡同的。

胡同名可以充满了人间烟火，像干面胡同、针线胡同、煤渣胡同、案板胡同、耳挖勺胡同。胡同名也可以是简单的吉祥话，如大喜胡同、福德胡同、安康胡同……

如果说一条胡同是一段生活的乐曲，那胡同名就是出神入化的曲牌，洋溢着京腔京韵，挂在北京人嘴边儿，更拴在北京人心上。甜水井胡同、口袋胡同、花枝胡同、箭杆儿胡同……这熟悉的名字牵挂着几代北京人的情愫。念叨着这些名字长大的孩子，不知不觉间也孕育了几分安然优雅的品性。那些成天价守在胡同里过日子的人兴许未必能体会它的魅力，而当他们离开了胡同多少年之后，往往发现最令他们神往的还是小时候住过的那条胡同。

旅居海外的著名作家林海音女士一直眷恋着她所居住过的胡同。70岁的林海音在《在胡同里长大》一文中这样写道："尤其在这些画片中，很多是画到胡同风光的，使我这自小在'胡同'里长大的人，不由得看着看着图片，就回到椿树上二条、新帘子胡同、西交民巷、梁家园、南柳巷和永光寺街这些我住过的胡同里去……"

对于同为女作家的冰心老人，北京的胡同简直就是灵魂的憩园。当她九十岁高龄时在《我的家在哪里？》中深情地倾诉，"只有住着我的父母和弟弟们的中剪子巷才是我灵魂深处永久的家"，因为她"生平最关键、最难忘的发育，模塑的年光，印象最深，情感最浓，关系最切"的一段岁月，正是在这条不起眼的小胡同里度过的。

季羡林先生更是以质朴的语言表达了他对胡同的感情："我爱北京的小胡同，北京的小胡同也爱我，我们已经结下了永恒的缘分。"

北京庞大的胡同群落不是十年八年能兴建起来的。可遗憾的是，进入20世纪90年代，有上千条胡同在短短的十来年里几乎同时消失。那些在一砖一瓦上书写了几百年的传奇，连同曾穿行于其间的那些熟悉的鬓影，飘过的衣香，曾经回响于其中的那些吟唱与哭笑，都随着让人念叨了几辈子的美妙曲牌一起永远消失在地图上，淡化在记忆深处。宝玉胡同、孔雀胡同、槐树胡同、大雅宝胡同、细米巷、椿树头条等等这些挂在北京人嘴边的字眼儿，现如今只能永远铭刻在老少爷们儿的心底了。而像王府井边上的金鱼胡同，也只是侥幸在大玻璃窗堆砌的丛林中留下了一块不起眼的小红牌儿。但胡同在哪儿？我没找到。

记得二十多年前，我登上高高的钟楼，还能依稀看到整齐的瓦顶排浪般涌向低低的天际线。而今天，当我面对一张巨幅北京中心区域照片时所见到的是在一大片鳞次栉比的现代建筑的中央静卧着一座风格迥异的紫禁城，像是一头孤零零的金狮困守在魔幻丛林里。尽管红墙碧瓦光彩依旧，却显得那么不协调。那些曾经与之相映生辉，作为北京血脉的四通八达的胡同仅仅隐约闪现在钢筋水泥和各色玻璃大厦的深处，那被切割得一截一段的身影残缺而模糊。

一次，我在某大学给留学生做讲座，问："提起北京你会想起什么？"他们答："故宫、胡同。"是呀，不管是中国人还是外国人，提起北京，人们在想起故宫的同时会立刻想起胡同——那是北京的象征，象征着北京人活生生的日子。故宫也好，颐和园也罢，那里的金碧辉煌确实吸引着游客，但北京真正的风韵却融化在胡同中普通住家户的生活里。

胡同和故宫怎么能分开呢？如果把北京城比作一个人，那么恢弘的紫禁城就是她的头，而四通八达的胡同就是她的躯干和胳膊腿。假使一颗漂亮的头下长着残缺的胳膊腿，或者安上原本不属于这颗头的假肢，看起来是不是很怪异？是不是很荒唐？假使有一天，仅存的三五条胡同也去申请了世界文化遗产，那到底是可喜呢？还是可悲呢？

当我站在巴黎唯一的高楼顶鸟瞰巴黎，听到了导游这样的介绍："你们看，这就是雨果眼里的巴黎，美丽的巴黎！和一百多年前几乎一样。"我心头不由得一紧。我那个曾和巴黎一样齐名的古城，那个由古人的梦境幻化成的真实的北京呢？一百多年前是什么样？我没见过。一百多年后是什么样？我不知道。

# 门面上有精气神

看紫禁城，游颐和园，串小胡同，住四合院——这大概是每一位来北京的观光客必不可少的参观项目吧？

当您走进巍峨的紫禁城，被那庄严肃穆的红墙金瓦所震撼的同时，是否也曾凝视过书写在殿堂内外一根根朱漆大柱上的楹联？这座壮丽的宫殿群落里几乎每一处殿、堂、楼、阁内外的柱子上都镶嵌着这种融文学与书法于一体的艺术珍品，或金底黑字，或蓝底金字，既有外檐柱上的抱柱式云龙金联，也有挂在内檐柱上的挂屏楹联。这里的楹联不仅读起来音韵铿锵，节奏悠扬，融散文的朴实与韵文之华美于一体，而且内容大多浅貌深衷、蓄意深邃，或是治国安邦、敬天爱民的警句，或是修身养性、勤政亲贤的良言，既充分彰显了宫廷文化的深厚内涵，又构成了这座世界上最大宫殿群落不可分割的组成部分。

紫禁城里的楹联大多为历代君主所写。最具代表性的一副是乾清宫正殿御座两侧朱漆楹柱上的："表正万邦，慎厥身修思永；弘敷五典，无轻民事惟难。"其内容源自《尚书》。大致意思是：要仪表天下，法正万方，就必须得慎修其身，思长久之道；要向人民弘扬五常之道，不要轻视人民做事之艰难。这副楹联的珍贵之处在于，它不仅是紫禁城里为数不多的康熙皇帝手迹，更是这位君主一生治国经验的结晶，也包含了他对能有幸坐在这里的后世子孙的警示和对江山能千秋万代的期望。

相比之下，作为皇家园林的颐和园里的楹联尽管同样有着深刻的内涵，但在文字上却大多显得轻松舒缓，往往成为景观的点睛之笔，烘托了特定环境的特有气氛。比如园中之园谐趣园正殿涵远堂门前的楹联："西岭烟霞生袖底，东洲云海落樽前。"从字面上看是说：站在这里可以感受到西山诸峰缭绕的烟霞好像从袖底升起；联想到东海瀛洲茫茫的云雾落到了酒杯之前。细品起来，却隐含着为人处世的道理：

人要站得高，才能眼界开阔，才能洒脱自如。这副情景交融的楹联虚实结合，相映成趣，气势磅礴而飘逸，让人不但领略了景致中"涵远"的意味，而且尽显空灵超脱之美。

楹联作为传统建筑的点睛之笔，不仅是一种装饰，更是用诗化的语言表现建筑物主人的文化修养和道德情操，起到传达旨趣、升华意境的独特作用。那么，在那些华美的宫殿、庙宇、园林之外能不能见到楹联呢？

能。只不过不是镶嵌在楹柱上，而是雕刻在胡同深处一座座四合院的街门上。

您若有机会穿行在老城幽静的胡同里，必会发现街道两旁青石门墩儿后面那一扇扇深棕色或黑色大门的正中间雕刻着一副朱红色的对联。它们大都饱经风雨，斑斑驳驳，然而笔锋之间依然散发着古朴的神韵。那每一副门联都是极漂亮的书法作品，或隶书或楷书或魏碑，或刚健或规整或飘逸，使整条胡同俨然成了活生生的书法长廊。无论是"立德齐今古，藏书教子孙"，还是"读书便佳，为善最乐"，都洋溢着儒雅之风，让整条胡同也弥散着浓郁的书香。在这种环境中长大的孩子，怎能不潜移默化地受到熏陶与教化呢？

楹联原本是指书写在厅堂前柱子上的对联，因为"楹"

是指堂屋前部的柱子。可老百姓家的房前并没有那么高大的柱子，于是就把楹联直接雕刻在自家院子的门板上。在北京人眼里这街门就好比人的脸面，因此又叫"门面""门脸"，而这门联自然就像脸面上的眼睛。它的字句、书写乃至雕刻水平都体现着主人的品位和气质。透过这双眼睛，您可以窥见院落主人的人文内涵，甚至可以了解这户人家的价值观。比方说："意气相投裘臻狐腋，声名可创衣赞羔羊。"一瞧就知道是户卖皮货的买卖人。而"恒足有道木似水，立市泽长松如海"，甭问了，户主一准经营与木材有关的生意。当然，买卖人家的门联也不全都这么直白，像"定平准书，考货殖传"就够人琢磨上一阵子的。作为《史记》八书之一的《平准书》，在中国历史上第一次对经济问题进行了研究，而《货殖列传》同样出于《史记》，是从事"货殖"活动的杰出人物的类传，也是反映司马迁经济思想的重要篇章。看来这户人家的主人要么是博古通今的儒商，要么就是请教了哪位饱学之士。

四合院的门联里还有许多与花草树木有关的内容，像什么"芝兰君子性，松柏古人心"等等，其中提及最多的树木当数槐树。比如"孝悌家声传两晋，文章德业著三槐"，再比如"笔花飞舞将军第，槐树森荣宰相家"；还有"槐华衍庆，树德滋荣"等等。这是为什么呢？

原来古人认为槐树有君子般的德行，它正直、坚实，而且荫盖广阔。《周礼·秋官》上记载：周代宫殿外边种着三棵大槐树，每当三公朝见天子的时候，都要面向三槐而立。后人用三槐比喻三公，槐树也就成了宰辅官位的象征。宋朝时有个叫王祐的兵部侍郎在庭院里栽下三棵槐树，并把宅第取名为"三槐堂"，希望槐树能给家族带来好运气，让子孙能够位极人臣。果不其然，王祐的儿子王旦真的当上了宰相。为此大文豪苏轼写了篇《三槐堂铭》，其中说道："郁郁三槐，惟德之符。"

京城是首善之区，因此能带来如此好运气的槐树也就成了京城里的当家树。而槐树下面四合院门联上的词语间自然也少不了洋溢着扑鼻的槐花香。这些住户大多是旧时京城里各衙门的官吏或是谋求功名的文化人，他们希望子孙后代光宗耀祖。

当然，胡同里出现频率最高的门联还是"忠厚传家久，诗书继世长"了，再不就是"忠厚培元气，诗书发异香"。这样的门面后必是曾经住过一户像《四世同堂》里祁老爷子那样的本分人家。他们立不了千秋功业，也不大敢轰轰烈烈；他们没有中举的梦想，也没有发财的可能，更没有当宰相的奢望。但他们注重体面、尊重学问，虽未必知书，却通情达理。他们三辈子五辈子整天推开这扇刻着俗得不能再俗的门联的街门，和路过的老街坊们热情地说着些家长里短，寻找着简单而朴素的乐呵。

那些曾风光无限的帝王将相纷纷如过客而去，而胡同里的普通百姓却常存永驻。他们脚底下接着地气，抬起头看得见清湛的蓝天。他们把自己的品性和神采糅进了北京，让这座古都历久弥香。他们才是京城的魂。

# 小小子儿，坐门墩儿

小小子儿，

坐门墩儿，

哭着喊着要媳妇儿。

要媳妇儿干吗呀？

点灯，说话儿，

吹灯，做伴儿，

早晨起来梳小辫儿。


　　走进悠长的胡同里，您不经意一抬眼，就会发现每扇街门边上都伫立着一对二尺来高的门墩儿，或箱子型或抱鼓型。门墩儿的本来功能并不是供小小子儿坐的器物，而是作为建筑组件来连接支撑大门门框、门槛和门扇的。

门墩儿不是一块简单的石头，它既是一块精美的石雕，更是四合院主人身份的标志。那些个门墩儿上都雕刻着漂亮的图案，或人物，或动物，或工具，或花草，无不表达了对生活的憧憬。刻着鲤鱼跃于两山之间流水之中的是"鲤鱼跳龙门"，象征着步步高升；雕有九只小狮子撒欢嬉戏的叫"九世同居"，体现了对合家团聚、同堂和睦的祝愿；若是刻着三只温顺的绵羊，那是三阳已生，否极泰来的意思，意味着一切都会好的；而一只插有结穗稻谷的花瓶，旁边再雕上一只鹌鹑的则是对岁岁平安的期盼……门墩儿上甚至能刻着故事，比方说京韵大鼓中的那段"白猿偷桃"，就是门墩儿上经常出现的题材，为的是祝愿老年人寿长百年。从型制上分，文员的门前用箱子型的，武将的门前用抱鼓型的，若哪个大门的门墩儿上端坐着一只大狮子，这里必是王侯府邸了。

门墩儿，把胡同装点成了一座石刻艺术博物馆，可胡同里的石雕还不仅是门墩儿一种。如果您偶然发现哪个大门口有敦厚而巨大的上马石，那这个大门原来必是通体朱红色的，这里曾经的主人肯定是公侯以上的"至尊至贵"。再有，即使在今天，您若是在胡同群落里溜达，偶尔还会在一条胡同中正对着另一条胡同口的丁字口发现一种造型古朴简洁的石刻。那是一块不高的石碑，上面用阴文雕着"泰山石敢当"。据说这物件能辟邪。它指示陌生人不必担心，这是一条活胡同，肯定能走出去。只要您有好奇心，肯走动，保不齐就能有新发现。

胡同里的这些青灰色的石头，雕刻着古城永久的记忆，凝固成了深沉的诗。

说了胡同里的石头，就必得聊聊胡同两侧的门。那是一家一户的脸面，标志着最初主人家的身份。不过所谓"门当户对"，可不是说两扇街门正好脸对脸，北京的街门是忌讳那么开的。门当户对，说的是两户人家的街门应该是同一种规制，这也就意味着主人家有着相似的社会地位。

比较常见的街门是如意门，那安装在檐柱上的两扇不太宽阔的木门后面就是平民百姓家的四合院。平民未必是穷人，有钱的商人或是名伶只要没有爵位也算平民，即便家里再阔绰所住的地方也只能算是"宅"，而不能叫作"府"。这些人家的街门都是相对小巧的如意。如意门的装饰丰富多彩。小门小户的门楣是青瓦排列的五花象眼，下面中槛上，两个八角形门簪用金漆简单写上"如意"二字。有钱人家的门楣镶嵌着细腻的砖雕，镂空镌刻着"荣华富贵"或狮子滚绣球的图案。下面的门簪也是一排四个，分别雕刻上"吉祥如意"或"福禄寿禧"。可别看装饰得这么花俏，那门的尺寸是一样的，在清代，犯制建大门可是有罪的。

官宦人家的街门是宽敞的广亮大门。门楼上高高的屋顶高出两边的屋宇，两条舒展的清水脊斜伸下来。门前有高出地面四五寸的台阶，门洞像一间敞开的房子那么豁亮，两边的内墙上抹灰涂白，四周勾勒着整齐的线脚。宽大的门扇安装在左右中柱之上，完全打开了可以让一辆马车顺畅地走进深宅大院里。与之非常接近的是金柱大门，只是门面看上去有些小，而且门的位置前移了，安在前檐金柱上。院子里主人的地位自然也比前者略低些。

在胡同里也能看见没有门洞的花墙子小门楼，上面的清水脊两头翘起，门檐上装饰着花草砖，看上去倒也清新别致。偶尔也有一些砖雕拱门，门楼或是三角形或是半圆形，两边雕有西洋式的花篮，那是民国时期受了西方影响修建的圆明园式门。

　　北京的胡同很长，可却不让人感到穿越峡谷般的深幽，即使走得再远，人也不觉得累。这除了要归功于门墩儿的装点外，还有一个重要的原因，就是胡同的宽度和两旁的院墙高度的比例关系完全符合美学原理。人站在胡同的一侧，他的视野可以覆盖对面院落的全部。这个比例虽然并不十分精确，但大体在一比一至二比一之间。在这个尺度内人走起来会觉得舒坦和亲切，既不觉得拥挤，也不显得僻静。

　　一条胡同就像一轴铺开了的水墨长卷，让住在里面的人心里觉得平静，满足。从喧嚣的大街走进胡同，人会忽然感觉自在，脚步也会变得稳当，就连情绪也顿时舒缓下来。胡同里的人们在这样的氛围里安分守己，守着祖上的规矩一代又一代地休养生息，娶媳妇，生孩子，非常文明地过着朴素却精致的小日子。就连胡同两侧的老灰墙都让他们觉得实在，觉得暖和。

　　胡同的主色调是青砖灰瓦，但灰得并不压抑，并不沉闷。胡同是活生生的，是彩色而灵动的。这不仅在于那些门墩儿和街门，还来自于两旁的树木。即便是再小的胡同，也少不了院子，少不了树。

胡同两旁院子里探出枝杈的多半是枣树,绿肥红瘦的晚春,能给整条胡同带来桂花般的香气。若是仲秋时节,抬眼望去,湛蓝的天空里,那浓绿的叶子背后往往隐藏着一颗颗玛瑙珠子般的小枣,红绿相间、晶莹鲜亮。赶巧了一不留神,兴许会有一两颗正好砸在过往行人的头上。

胡同里种植最多的要数国槐和洋槐。那长满了小而浓密绿叶的树冠,犹如一把把大绿伞,为树下的人们遮风挡雨,也给胡同注入清馨的气息。春天的时候,树下面常常趴着玩儿弹球的小小子儿。小丫头儿则把皮筋儿拴在槐树上跳皮筋儿。她们一边跳,一边这样唱着:

> 槐树槐,槐树槐,
>
> 槐树底下搭戏台。
>
> 人家姑娘都来了,
>
> 我家姑娘还不来……

等到满树槐花开放的时节,远远望去,明媚的阳光里,绿色的树叶间夹杂着一串串白色的"葡萄"。轻盈的槐花飘落下来,撒在慢悠悠走着的老爷子的身上。疏懒的午后,孩子们可以用一根长长的竹竿粘槐树上的季鸟儿①。天黑下来了，大老爷们儿会三五成群地伴着阵阵槐香在暖黄色的路灯光影里摆上象棋，扇着蒲扇。老奶奶们一边哄着孙子、孙女玩耍，一边哼着那传了几辈子的童谣。不知不觉间，槐香飘进了人们肺腑，胡同弥漫着淡淡的甜和浓浓的人情味儿。

胡同幽静但不寂寞，安详但不乏味。老北京的胡同里一年四季从早到晚洋溢着各种抑扬顿挫的叫卖声，真是"九腔十八调"。那叫卖声虽无伴奏却极富节律之美，动人心弦。悠远绵长的旋律飘过高高的院墙，穿过四合院里的葡萄架，传进人们的耳朵。院子里的人们可以清楚地分辨出是做什么买卖的来了。

"清水嘞，杏儿嘞，不酸嘞，粘了蜜嘞！"——这是春天卖鲜杏的。"蜜嘞哎嗨哎，冰糖葫芦嘞哎哟！"——这是冬天卖糖葫芦的。

"硬面——饽饽。硬面——饽饽。"这旧日胡同深夜里凄凉、沉重的吆喝声不但被侯宝林写进了相声《改行》，而且被曹禺先生作为时代背景写进了话剧《北京人》。

---

① 季鸟儿：北京土话，指蝉。

也有的行当招揽生意并不采用吆喝的方式，而是使用简单的乐器。北京人管这叫"报君知"。比较典型的是卖酸梅汤的小贩手里的"冰盏儿"，两个黄铜做成的小碗在小贩灵巧的手里奏出清脆的打击乐，"叮叮叮——嚓嚓，叮叮叮——嚓嚓"，听着就觉得凉快。而剃头匠手里的唤头更动人心魄。一根半尺长的大铁钳子从两根铁皮叉子中间向上潇洒地一挑，"嗞啷——"胡同里的空气也仿佛荡出涟漪。

当然，胡同里最悠远的声音并不是这些吆喝，而是老奶奶们哼唱的童谣。正是这些童谣，几百年如一日地把北京的神韵，北京的魂一代一代传承下去：


　　　小小子儿，

　　　坐门墩儿，

　　　哭着喊着要媳妇儿……

# 一户一世界

现在的北京人，真正住过四合院的并不多。对四合院的种种情愫，恐怕更多的是来自于儿时所住的大杂院。十几户合住在一个院子里一过几十年，召唤一句马上有人应声，趔趄一下立刻有人过来搀扶，虽说难免有些磕磕碰碰，却也留下了令人割舍不得的记忆。当然，那些大杂院几乎都是从曾经的四合院演化过来的。

北京人心目中的四合院，并不单单是指某种形式的建筑，而是说关起院门来团团圆圆住着一户人家。作为家长的老人年高德劭，几个儿子都有体面的事情做，媳妇们孝顺，孙儿、孙女也都招亲戚朋友喜欢。一家人居住在一起和睦有序，行动坐卧遵循着传统与规矩。

至于这座院落的结构，自然也是为这种生活特意设计的。对于街面上的外人来讲，院子是完全封闭的。除了那两扇朴素却讲究的院门，四周都是严严实实的砖墙，几乎没有任何装饰。院门一关，门杠一顶，街面上无论发生什么事，似乎都无所谓。偶尔见有檐墙上开小窗户的，也都非常窄小，而且要高到让行人看不见里头。左右街坊间以厢房的后墙相隔，自然也是相安无事。先贤"居之安"的理念，被这精巧的院子体现得淋漓尽致，真可谓一户一世界。

院子的大门也叫街门，单单看一眼门楼的式样就可以推断主人的身份。开在中柱上的广亮大门那可不得了，门里必是有着相当品级官员的大宅院。普通僚属家的街门要相对窄小，两扇木门装在檐柱后面的金柱上，所以叫金柱大门。这两种住家尽管富贵但也只能叫作"宅门儿"。有爵位的贵戚之家才称得上是"府"。

平头百姓家的如意门直接安装在檐柱上，装饰可繁可简。巨商富贾家的门楣装饰着精美的砖雕，文人墨客的宅子只是用青瓦组成钱纹。若是哪座门楼忽然改变了规制式样，那可就叫"改换门庭"了。

此外，还有随墙开设的小门楼，俗称"鹰不落"。那院子里通常只有简单的一两排房，当然也就不能算是规矩的四合院了。规矩的四合院不仅建得四面有房，而且至少是能分出里外的两进院落。这种格局内外有别，既可以保护内宅的隐私，又便于遵循古老的礼数。有些还是正房后面带着后罩房的三进院落，后院里住着将出阁的闺女。这样的院子也就堪称四合院的经典了。

与官府和寺庙截然不同，四合院作为私宅，大门是不能开在中轴线上的。标准的宅院坐北朝南，门要开在东南角。那些坐南朝北的院落则要把门开在西北角。这么开门符合古老的五行学说和风水上的讲究，不过最简单的道理在于，北京的地势西北高东南低，冬天的寒风也多是卷着黄沙的西北篓子。下雨时水流的方向，刮风时风吹的方向，自然就成了院子开门的位置。所谓风水，无非是考虑到风在动，水在流。

踏着青砖铺就的门道进得院来，一抬眼就看见镶嵌在东厢房山墙上的影壁。俊秀的青瓦帽檐下是用一尺见方的青砖斜向拼成的壁芯，光滑平整，四周的砖雕简洁而精细，让人进门就觉得舒心、利落。影壁边上也有种了些爬山虎的，浓绿的枝叶顺着青砖盘曲而上，映衬出一份别样的雅韵。

往左一转是头一进院落，一般瘦长而并不宽敞，却有着很高的利用率。做买卖送东西的只能走到这里，生疏的来宾也是在这里活动。左手一拉溜三间南房称为倒座。倒座的房檐和宅门的内檐正好在一条线上。这里可以接待来办事的客人，也可以接待临时住宿远来的亲朋，平常日子则堆放些不常用的杂物。尽管倒座装饰简单，四合院里却少不了，间数未必与正房相同，但柱子绝不能对着正房的门。

倒座的对面就是一堵不厚的卡子墙。比院墙略矮，正中开的垂花门可算院子里最漂亮的建筑了。那一殿一卷式的屋宇如同亭榭一般精巧，还能为进出的行人遮风挡雨。这与其说是一道门，倒不如说是划分家里和外头的标志。只有能被请进这道门的人，才能称得上是主人的至亲密友。旧时院子里生活的女眷们也不轻易迈出这道门。

垂花门正面的清水脊下那对悬柱通常雕刻成倒垂的花蕾，漆成旋转的七彩螺旋，让人未进院子先就眼前一亮，感觉到一股灵秀之气。不知您数过没有？那是正好二十四条彩线，代表着二十四个节气生生不息。垂花门的正面是四扇墨绿色屏风，平时是不轻易开的。要进院子只能沿着两侧的抄手游廊走到东、西厢房，甚至一直走到正房。这样外院走动的客人不能一眼看到院里，院里的眷属们当然也不能轻易看见外面。只有来了贵宾或办大事的时候，那四扇屏风才能郑重其事地打开。垂花门下青砖铺就的高台四边镶嵌着朴素的青石条。这儿既是主人迎接贵客行礼的所在，也是女眷与亲友依依惜别的场所。若是老人做寿请来了堂会，这里又变成了小小的戏台。

进了里院感觉一下变了。方方正正的院子未必多大，却能让人觉得特别豁亮。青砖铺就的十字形甬道是堂屋和左右厢房相连的路，两旁土地上的花池里栽着雪白的丁香或火红的石榴。花开时节，小风一吹，无数花瓣撒满院子。也有的人家种着丝瓜或紫藤，浓绿的棚架把青砖黛瓦下的院落点缀得生机盎然。盛夏时节，绿色浓荫渗透到屋子里，足不出户就能体会到"采菊东篱下，悠然见南山"的意境了。只是北京见不到南山，而代之以西山或北山。若是正房两边带有耳房的院落就更有韵味了。耳房前的露地可以陈设上假山石，布置成一处精致的园景。

院子里当然也可以栽树。不过，不是随便什么树都能栽的。北京人喜欢的是柿子树或枣树，为的是讨个"事事如意"或"早早红火"的口彩。不能栽的是梨树或桑树，"离"和"丧"让人听起来不舒服。再有，也不能种松和柏，因为那是属于阴宅的树。而且，栽树必定要种上两三棵而不能只是一棵。方框里有个木是个"困"字，也是非常忌讳的事。

北京人理解的院子即使从建筑上讲也不仅仅是周围那一圈房子，很大程度上更是中间这片可以接到地气的场地。在院子里，春天的正午，晚景怡然的老人可以在堂屋前的太阳地儿里和孙儿孙女们嬉戏着淘气的小花猫；夏日的黄昏，家里人围坐在藤架下听着蝉鸣吃着西瓜乘凉；八月节到了，一轮明月下女眷们摆好供桌，码上月饼许下心愿；除夕之夜，孩子们在院子里噼噼啪啪地放着炮仗，甬道上还要铺上芝麻秸让人"踩岁"……年年岁岁就这么循环往复地过着。遇到家里有红白喜事或是老人做寿，院子又成了搭棚办事的场地——哪怕是再节俭的人家，一辈子下来也得有这几件大事不是？在院子里摆上十几桌，请请亲戚朋友是少不了的礼数……其实境随心转，在四合院里精心营造的这一方天地，就是人们心底那片世外桃源。

院子对面坐北朝南是三间高大的正房。这房间的尺寸是有一定之规的，定这个规矩的并不是人，而是太阳。冬至这天正午，老人若是坐在堂屋正中八仙桌旁的太师椅上，暖洋洋的太阳要能正好照在膝盖上。到了夏至这天的正午，几乎直晒的阳光会顺着高高房檐落在门口，却不能进屋。用这个标准算出房间的进深，画方了就是规规矩矩的一间房。

堂屋的两扇木门顶天立地。里面布置得庄重大方，正中靠墙的条案上常常摆放着成套的掸瓶、帽筒，中间座钟的嘀嗒声度量着宁静的时光。这里是四合院最重要的场所，家人聚会和节日祭祖都在这里举行。左右两间房的前脸儿窗明几净，不高的窗台上镶嵌着整面雕窗。这样既保障了屋里能享受到充足的阳光，又可以让安居其中的老人不出屋就看见院子的每个角落。对于作为家长的老人，这个院子里是无所谓隐私的。

东西两侧的厢房也是三间，门窗都朝着院子当中，通常都是儿女住着。按照"左"为上的传统，东厢房往往比西厢房略大，这也保证了两厢的门并不直接相对，但从采光来说又是西厢房要比东厢房住着舒服。东厢房大多会做厨房兼餐厅，供一家人享受围炉之乐。西北风一吹，房顶烟囱上的炊烟正好被吹出院子，飘在胡同里。

四合院里的生活曾经是一门世俗的艺术，可俗得那么雅气。那一方温暖的天地让人觉得亲近，正像一首带着京韵的纯美童谣，俗得那么有味道。

上个世纪50年代以后，大部分四合院不再专属于某一户人家，而是变成了住进几户或是十几户居民的大杂院。那种原本对外封闭对内透明的建筑结构让居住其中的人们不知不觉间产生了大家庭的感觉。"远亲不如近邻，近邻不如对门。"住在同一个院子里的几户人家共同营造出一种新型的生活气氛——相安无事，融融乐乐，又相互帮衬。缺盐少油可以到隔壁去借；临时出门可以托付一声让对门大婶子帮着看门；谁家有个事儿邻居们都会伸把手。三伏天，家家支张小桌子在院子里吃饭；大年三十，相互拜年送饺子……大家相互尊重过着各自的日子，共同度过了太多的艰辛。白天的院子自由出入，天黑以后照例要关好街门，顶上门杠。那时的院子虽然没有了从前的宁静，倒也还算整洁，因为是各家各户轮流打扫卫生。院子的结构基本没有大改，只是各家窗前不知从什么时候起都接出来一间小厨房。

1976年地震之后，院子里开始搭建起形形色色的抗震棚，而后又演变成红砖盖的简易房，并且渐渐占满整个院子。屋顶裂了缝的清水脊索性拆了改成水泥瓦。垂花门围上墙成了住房。甚至连宽敞的门洞里也能搭出一间小屋婆媳妇用。只剩下一条窄窄的小道从院门口弯弯曲曲连接着各家各户的门。那感觉并不能叫曲径通幽，而只能叫憋屈。

尽管衰败，但大部分院落的大结构还在，明眼人还能看到骨子里当初那份从容的气韵，边边角角上残存的砖雕和磨砖对缝的墙面也还流露着往日的神采。

也就是在上个世纪90年代，随着大规模的城市改造，上千条胡同里十几万个大大小小的四合院，在为这座城市服务了一两百年之后，被当作危旧房彻底推平了。那些院落里曾经的居民永远离开了院子，怀着复杂的心情搬到了四环、五环以外新建小区的单元楼。四合院里特有的从容与怡然，成了永远的北京梦。

# 小胡同的老祖宗

"大胡同三千六，小胡同赛牛毛。"蛛网密布的胡同编出了北京城的血脉，更织出北京人的日子。不过，您若是问一位普通市民，最早的胡同在哪儿？他未必答得上来。

现在的北京，基本定型于元大都时代。在元曲《沙门岛张生煮海》里有这么一句唱词："你去兀那羊市角头砖塔胡同总铺门前来寻我。"这恐怕是现存关于胡同的最早记载了吧？北京西四南大街的砖塔胡同也成了小胡同的老祖宗。非常幸运的是，砖塔胡同的名字历经元、明、清、民国，直到如今从没变过。

砖塔胡同得名于东头那座青灰色的砖塔——九层八角，

简洁古朴，静静地守护在胡同口路南。塔里安葬着元初高僧万松行秀的骨殖。这位高僧传了他的弟子契丹人耶律楚材八个字"以儒治国，以佛治心"，使耶律楚材领悟了治国修身的大道。耶律楚材不仅因此做了成吉思汗的"治天下匠"，还成了中国历史上有名的政治家，为元朝长达一个半世纪的统治奠定了基础。如今，他静静地长眠在颐和园昆明湖畔的一个小院里。

这座塔的确有些与众不同，塔上面从来不长一棵杂草。若是一阵秋雨洗净了塔上的浮尘，那青灰的塔身就跟崭新的一样，透着那么干净，那么利落。有人说这是高僧的法力所致，还有人传在塔顶上藏着一颗避草神珠。

要说这条胡同与元曲真是有缘。元代的时候，这里集中了许多大大小小的勾栏瓦舍，也就相当于现在的剧场。当时的胡同终日里是台上歌舞升平，演绎着人间的缠绵故事；台下看客流连忘返，感受着北曲所特有的婉转辞藻和深沉立意。在这里，唐宋诗篇的最后遗韵流淌到王实甫、关汉卿等人的笔端，经过伶人们典雅的身段，演绎成鲜明的人物形象和浓郁的市井风情，成就了最终的和谐与完美。砖塔下每每是曲终人不散。那绕塔的余音，回荡在排浪般的灰瓦之上，让整个大都久久萦绕在曲韵里。

八百年的砖塔安然静立。塔下的槐花开了，槐花又落了。槐树下走的人换了一代又一代，古老的砖塔不知目睹了多少人家的离合悲欢，多少风流才俊的起伏成败。

1922年上半年，一位意气风发的小伙子满怀虔诚，从大槐树下从容走过。这位地道的北京人作为新受洗的基督徒就住在砖塔胡同东口南的缸瓦市教堂。槐花飘香的七月，他从这里踏上了远赴英国的路，在那里开始了小说创作。他就是后来的人民艺术家老舍。离开这里十年之后，他发表了小说《离婚》。小说里热心的张大哥帮同事老李租房子的情节是这样写的："张大哥又到给老李租好的房子看了一番。房子是在砖塔胡同，离电车站近，离市场近，而胡同里又比兵马司和丰盛胡同清静一些，比大院胡同整齐一些，最宜于住家……"

槐花开了，槐花落了。那一年在砖塔胡同的七八百年里似乎不算什么。

就在槐花再次飘落的时候，也就是1923年8月，一位矮个子南方中年汉子带着他的老母和妻子搬进了砖塔胡同。穿着青布大褂的他略显瘦削，忧郁的眼神后面蕴含着刚毅，他是鲁迅。在那处不大的院落里,鲁迅默默地想,默默地写,塑造出了《祝福》里被社会所吞噬的祥林嫂和《在酒楼上》销蚀了自己灵魂的吕纬甫,编定了《中国小说史略》下卷,还校勘了《嵇康集》。而他的母亲在这里读着当时最流行的张恨水小说。

巧合的是二十多年后,张恨水也搬进了这条古老的胡同。他曾这样描写走在其间的情境:"胡同里是土地,有些车辙和干坑,若没有手杖探索着,这路就不好走。在西头遥遥地望着东头,一丛火光,遥知那是大街。可是面前漆黑,又加上几丛黑森森的大树。有些人家门前的街树,赛过王氏三槐,一排五六棵,挤上了胡同中心,添加阴森之气。"1967年2月15日,这位一生发表三千余万字文学作品的老人在这里走完了人生最后的路。那个冬天是清冷的,打着旋的西北风呼呼作响,掺杂了大字报残片的煤灰顺着胡同吹到了积着残雪的旮旯里。

槐花开了,槐花落了。大槐树后的古塔至今仍然静静地伫立在那儿,陪伴着这座充满人情味儿的古城。塔下行色匆匆的人们或许不曾想过这里发生过什么故事,更很少有人知道,这里就是北京胡同的根。

胡同对北京人来说再熟悉不过了，熟悉到他们似乎从来不需要想，更不需要琢磨。也许，他们打小儿住过的胡同房屋已然破败，院墙已然残缺，但骨子里却依然有着无穷的韵味。那里的旧砖残瓦都铭刻着深沉的关怀，也曾造就了北京人的品性。古都的根根血脉流淌着光阴的故事——院墙外有老街坊们的故事，院子里有一户人家的故事，就像这条您不经意就能走过的砖塔胡同。

不过，倘若您今天真的攥着地图在西四附近找到了刚刚修葺一新的砖塔，走进右边这条胡同，也许您会有些失望。因为这里似乎没有多少您所想象的旷古幽深，也见不到几处规整的四合院了。原本悠长的胡同如今只剩下了半条。即便是残存的这半条胡同，抬眼望去两侧也净是些高高低低的简易楼房，挂着些宾馆啦、招待所啦等等招牌，规格不一，色彩凌乱，打着十几年来匆匆忙忙的烙印。偶尔几处如意门蜗居在一排排铝合金门窗的夹缝里，就像是年老色衰的受气媳妇，唯有那落满灰尘的残破雕花还能隐约看出往日的艳丽。并不宽敞的巷子两侧停满了大大小小的汽车。

要说古意，怕也只剩下胡同深处那仅有的几棵遮天蔽日的老槐树了。只是不知是不是张恨水曾经提到的那几棵？鲁迅居住过的院落并没有明显的标志，据说已经面目全非。张恨水的旧居更是不知道在哪儿。

胡同里最显眼的古迹是路南一座不知建于何年的关帝庙，山门显然是近年来油饰过的，红红绿绿的有些扎眼。可您只要走进庙门，就会感觉进了迷宫，原本宽阔的庭院早就杂乱地搭满了高高低低的简易房。小道狭窄得将将过去一个人，好一个九曲十八弯。有的地段还必须侧着身子过去。迷宫尽头的殿堂早就被分割成能住几户人家的民宅，琉璃瓦下的残破老椽子上镶嵌着铝合金门窗，让人感觉时空错乱。小道中间一棵老香椿树紧贴着小房的砖墙顽强地耸立着，孤零零的枝干挣扎着伸向遥远的高天，顶着一簇簇浓绿密实的叶子，像是一幅充满魔幻精神的绘画。偶尔会遇到一位迟暮的老人，躲躲闪闪地走在墙根下，哼着句"我好比南来雁……"，消失在窄窄的夹道里。

# 皇城圈里老街道

　　若是让我推荐一条最具京范儿的街道，我会选南池子。这里头不仅能看见红墙黄瓦、庄重的宫殿，也少不了纵横交错的小胡同和朴素温情的四合院。更有五六百年岁月写成的传奇，从明清讲到民国，又从民国讲到如今。

　　京戏上说："大圈圈里套着小圈圈，小圈圈里套着黄圈圈。"这圈套圈说的就是北京的城墙：有九座门的里城，有七座门的外城，这叫"里九外七"，那黄圈圈就是最里层的皇城——朱堊墙，黄龙瓦。

　　现如今，内城、外城长着酸枣的老城墙早已不在，号称"黄圈圈"的皇城也没了多半圈。皇城两侧的西安门、东安门，还有后面的地安门早就没影儿了，唯有正面的天安门硕果仅存。恢弘的城楼两侧一道朱红色的大墙延伸开来，那就是皇城墙，可以把人们一下子拉回到古代，体味古都雍容的气韵。

就在天安门东不远的地方，红墙上开了一座高高的三孔券门，两侧小门挺拔俊秀，中间的大门舒朗宽敞，弧形门洞上方从右至左镌刻着三个大字：南池子。民国初年开了这座门，天宫一般的皇家禁地向老百姓敞开了。门洞后那条悠长的街道里，也慢慢兴建起了蜿蜒勾连的胡同和普通住户的民居。

南池子里的胡同可真有意思，叫什么灯笼库、瓷器库、缎库，一听就知道曾是皇家存放各种器物的库房。想必，当初宫里的所使所用就是由太监们从这些"库"取出来运进北头左转的东华门吧？遗憾的是，那各种各样的"库"到底长什么样，现在谁也没见过。好在，还有一座特殊的"库"保存完好，那就是刚进南池子没几步，路东，存放皇家档案的表章库。

这座表章库与其说是仓库不如说是座宫殿——金黄琉璃瓦、飞檐斗拱、汉白玉须弥座六尺多高。除了宫殿具有的庄重，还透着些特有的神秘。殿宇四周砌的全是磨砖对缝的青砖，却不见半点朱漆红木，就连匾额、斗拱、门窗也都是石头的。这就是所谓"金匮石室"的皇史宬。明清两代五百多年历史，全都凝聚成文字封存于此。"石屋"当然是为了防患水火，而"金匮"指的是那五米多厚的大墙里用来存放着玉牒、实录和圣训的百十来口樟木大柜，那可全是鎏金铜皮的。

那两扇神秘的石头大门似乎永远紧锁着。偶尔会有游客趴在门缝上眯起眼向里张望，或者贴上耳朵仔细倾听。也许是想窥探其中的惊心动魄或不解之谜？也许感受到了沉睡其中的历史发出的鼾声？纵然"金匮石室"没有完成乾隆"百世聪听钦宝训，万年永茂衍宗枝"的宏愿，但确确实实让明清两代的档案得以完整地保存至今。

南池子的宫殿不只皇史宬一座。当你走进北口路东那片环绕错落的胡同群落，不经意就能看见一座两人多高的巨大基台。四周的城砖饱经沧桑却坚固敦实，那是把江米熬成稠汁再和上白灰浇在砖缝里砌成的，让人想起古老的长城。基台上方探出几条残缺的青石，那就是螭首，只是被岁月侵蚀得模糊不清。抬眼望去，高台上竟然深藏着一座气势雄伟的大殿，那就是有着太多故事的普度寺。

明朝的时候，这一片是皇家御园的东苑，基台上就是洪庆宫。也就是在这里，景泰帝软禁了英宗朱祁镇。其间，多少辛酸多少怨，英宗都吞在肚子里。八年之后"夺门之变"，英宗就是从这里起身进了东华门，坐回了太和殿上的宝座。复辟之后，他念念不忘这块卧薪尝胆之地，于是把这一带改造成了碧水环绕、矫若飞龙的南宫。南池子的名字或许就来源于当初这里的溪流和潭水吧？不过那些秀美的水景大多早已不在，只留下一条重新修葺的菖蒲河，还有一处叫飞龙桥的地名。

多少年之后，清兵入关，孝庄带着顺治进了紫禁城。距东华门咫尺之遥的南宫被改建成了摄政王多尔衮的府邸。那高高的基台之上就成了当时朝廷的政治中心。"七载金縢归掌握，百僚车马会南城。"至今这里有一条小胡同还叫捷报处，残存着那时留下的痕迹。

多尔衮身败名裂之后，再没有王公贵胄适合住在这里。于是，康熙三十三年（1694），摄政王府改建成玛哈噶喇庙，供奉玛哈噶喇佛——蒙古族信奉的最高护法神大黑天。

到了乾隆年间，这里修葺了山门，天王殿里塑起威武的

61

四大天王，扩建成了皇帝祈福的寺庙，为紫禁城外八庙之首，赐名"普度寺"。乾隆亲自为大殿题额"慈济殿"。从此，诵经、祈福之声在这儿回响了两百年。

清末民初，普度寺周围渐渐有了住家户，既有带影壁、游廊、月亮门的大宅院，也有普通人住的三合房。那高高的基台上的大殿，也就在胡同环绕之中潜龙在渊了。周围的老街坊们把普度寺叫作"大庙"，说自己家住在庙前头或是庙后头。他们每天行走在那残旧的砖墙旁，穿行于古老的时光里。当然，他们也有其他地方难寻的乐呵。只要走上几步，故宫城墙根儿就是他们不花钱的大公园。开春了，人们会去筒子河边欣赏返青的垂柳和艳黄的迎春花。盛夏的清晨，角楼下青灰的城墙边上从来都是戏迷们吊嗓子、拉胡琴的好去处。当湛蓝的天空映衬着红墙的时候，东华门城楼上总是盘旋着成群的白鸽，其间也会掺杂几只黑凤头、黑尾巴的"点子"。隆冬时节，观看筒子河开冰简直就是一场娱乐活动——成群的人使用各种器具凿出河里厚厚的大冰，再锯成一尺多厚的冰砖整齐地摞起来，中间垫上草席运到冰窖胡同存起来。等到三伏天，这就是肉铺和馆子里少不了的天然冰。

"长亭外，古道边，芳草碧连天……"庙前建起的新式小学校里传出的歌声渐渐取代了古老的钟磬声，基台上不知不觉搭建起了各色小房，也住进了各色人等。有在筒子河边算命的老道，也有以教孩子练武为生的师傅，还有宫里出来的老太监……不过更多的是不知打哪儿搬进来的普通市民。也有几个喇嘛一直就住在里面。他们和周围的街坊相安无事，却总让人非常生动地想起相声里说的"打南边儿来了个喇嘛……"中央的慈济殿一直紧锁着，淘气的孩子们趴在窗户上远远可以看见须弥宝座上那尊威风八面的五彩神像。据说宝座旁还有一个雕刻着金刚力士的圆形石墩，上面是个鎏金小亭子。

大概在上个世纪50年代，庙门口的天王殿改成了国营粮店，里面的四大天王让人用苫布盖了起来，上面总是落着一层白花花的面粉。大殿里巨大的神像也被拉走了，之后里面砌起了白墙，分割成了几间小学教室。

沧海桑田转眼间。现在的普度寺唯有大殿岿然傲立在巨大的基台上，居高临下，显得那么与众不同。朱漆大柱环绕的七间正殿调大脊，安吻兽，殿顶青灰色削割瓦绿琉璃剪边，前面的抱厦三间殿顶则是绿瓦黄剪边。这种罕见的规制只有摄政王才能享用。灰砖殿墙上宽大的支窗低低的窗台，下面镶嵌着六边形绿琉璃砖，这种典型的关外满族宫室风格在北京独此一处。这还不算稀奇，您抬头细瞧，大殿外檐下的飞椽竟是三层交织，比紫禁城太和殿还多出一层。据说，这是多尔衮为了彰显自己"皇父摄政王"的身份特意让工匠创造的"加重檐"。如果有机会走进殿里，还会发现抱厦东南角有个大石坑，坑口周围雕刻着波纹和神兽，而且有石阶通到坑底。至于这个坑是干什么用的谁也说不清。真不知道大殿里到底藏着多少尘封秘史。

据庙后头的老人们讲，大殿里有一条密道直通紫禁城，不过没有谁见到过洞口。备战备荒那年挖地道，人们在大殿西面的地上挖出了一条砖石砌成的巷道，镐头打在砖上溅出火星子，却怎么也打不透。有人说底下就是那条密道了。

当年，南池子北口路西的老槐树下有个小酒铺，在那里神侃的贩夫走卒们或许真的也曾阅尽千帆。他们会说起想当初革命党怎么差一点炸死了从东华门里出来的袁大头，那一声巨响怎么把酒铺的玻璃都震碎了。他们会吹大名鼎鼎的胡适之先生不过只是他的老街坊。戴眼镜、穿大褂儿的胡先生家住缎库，经常和他们在一个摊儿上吃早点，之后笑盈盈地打了招呼往北走着去箭杆胡同上班了。甚至他们有人知道他是去编一本叫《新青年》的杂志。现在，那个酒铺早已改头换面变成了小超市。当年的酒腻子们也早已纷纷作古。

在南池子长大的一拨拨孩子或许比别处的人领略到更多的风云际会吧？因为，历史的大潮每每就在他们家门口涌动而过。新中国成立的时候，他们当中的很多人都去了不远处的天安门广场，聆听隆隆的礼炮声。之后他们每年国庆节夜晚坐在家里就能看到礼花，艳丽夺目，璀璨缤纷，然后到院子里捡起一个个小降落伞。"文化大革命"十年动乱，街上天天是挤得水泄不通的红卫兵。周总理逝世的时候，站在南池子门洞底下抬眼望去，长安街上是没有尽头的白花海。不久，他们又纷纷给欢庆粉碎"四人帮"的游行队伍送去开水和干粮……

这条街道上每一片砖瓦上都铭刻着传奇，每一寸泥土里都浸润着历史。所谓历史，在这条街上并不是书上抽象的文字，只是身边那一个个擦肩而过的风云人物，生动得可以听见他们的呼吸——街面儿上行走的人听到过，院子里熟睡的人听到过。老街坊们很少有人问过他们从哪儿来，又是向哪儿去，只是和他们分享了南池子里庄重的红、平静的灰、爽利的绿。

当夏日的骄阳透过红墙边上老槐树浓密遮天的枝叶缝隙洒落下来的时候，踏着深浅斑驳的光影穿行于古老的南池子，让人身上那么凉快，感觉那么舒坦，仿佛置身于一种久违的偶然之美里。而这份脱俗就在喧嚣的隔壁。经过 21 世纪初的一次大规模改造，南池子里那些承载着传奇的老胡同和旧院子已经所剩无几了。而那些花里胡哨的仿古建筑可真不敢说有什么韵味，而且是漏洞百出。当初的老住户大多外迁，唯有偶尔回来感受一下这一街陪着自己上学，伴随自己长大，亲切得不能再亲切的树荫了。

也许他们还会登上普度寺那高高的基台抬眼西望，看看那片熟悉的灿烂金光，看看那璀璨鎏金的角楼宝顶。那是他们打小儿相伴的紫禁城。城下，曾经有片灰色的瓦顶，那曾是他们的家。

# 别趣御花园

故宫，是来北京必逛的地方。高高的汉白玉基台上三大殿气势磅礴，殿前殿后的广场开阔豁亮，乾清门左右金狮耀眼……帝王的至尊无以名状，那份庄重大气让游客的每一个毛孔都能体味到皇权的震慑力。

穿过乾清门，沿两旁长长的甬道一路前行，在笔直的丹朱色宫墙尽头，正对着的是一座方正漂亮的宫门，门楣上镶嵌着翠绿的琉璃砖。门对面朱红色山墙前陈设着一块淡青色太湖石，涡穴凸凹、孔洞疏落，挑逗得游人的眼珠也不由得随着它凝固的旋律转起来，一路上庄严的气氛一下子化开了。再一转身，竟然进了别致的御花园。

故宫给人的感觉是到处都是红墙金瓦，却极少见草木、树荫。进了御花园恍然变了一个世界。似乎猛然远离了一墙之隔的政治中心，进入了清静悠然的世外桃源。

　　园子里古柏苍翠、老藤多姿，绿茸茸的龙爪槐盘结如伞盖，斋阁两旁隐匿着竹影幽韵。郁郁葱葱之间，透着一股清凉。正中的钦安殿前甚至还有两棵白皮松，枝干斑斓、针叶油绿，给神秘的宫殿平添了几许活泼、几分意趣。

　　钦安殿不是殿，而是一座真武庙。虽说不大，屋脊上的鎏金宝顶可是不小。在苍松翠柏的映衬下像是个闪烁出金光的大宝葫芦，彰显着这座中轴线上唯一庙宇的规制之高。殿里面供奉着水神真武大帝，皇帝们相信他可以保佑这片天下最宏大的宫殿群免遭火患。大殿的门常年紧锁着，很少有人能见到里面神仙的真容。不过真武大帝就是北方玄武，想来应该类似龟蛇合体的模样吧？顺便说一句，出御花园北面不远就是故宫的北门神武门，在康熙之前原本也是叫玄武门的，后来为避讳"玄烨"之名，才改成了神武门。

　　游人们来钦安殿大多不是奔着里面的神仙，而是为了殿前正中的那棵神树。说它神，是因为这是一株罕见的巨型连理枝——横跨中轴线的两棵粗壮古柏在一人多高的位置竟然盘绕到一处，然后屈伸结合成同一棵树，几百年枝繁叶茂，生而不死。至于这到底是古人的别出心裁，还是大自然的神工鬼斧，似乎并不重要。重要的是，百十年来连理柏前不知有多少对希冀幸福的恋人曾经合影留念，给相爱的人提供了长相厮守的理由。

御花园里不仅有几百年生而不死的树，还可以见到几千年死而不朽的木。就在绛雪轩前琉璃花坛旁，摆放奇石的台座上伫立着一截半人多高的朽木，就像是刚刚从哪棵干枯的树干上掰下来一样，黑褐色的条纹依稀可见，圆弧的那面还能看到密密麻麻的虫子眼儿。若是用手上去一摸，分明是一块冰凉的石头，再敲几下，清脆如磬。仔细瞧瞧，上面居然刻着几行秀丽的小字："不记投河日，宛逢变石年。磕敲自铿尔，节理尚依然……"传说这块木化石来自黑龙江。当年乾隆爷觉得这可是大清龙兴之地的圣物，于是一高兴题下了这首诗。

木化石曾经就是一棵普通的木头。然而，美成在久，历经千年洗礼竟蜕变成一块珍石，得以像什么灵璧石、龙腾石、海参石、拜月石等等一样享受摆放在御花园的待遇，其中意味可思可议。

除了自然造化的名石，园子里也少不了人工雕琢的奇砖。就在离天一门不远的古柏下面，简易的石桌上横卧着一块三尺来长的巨大空心砖。上面拙朴的花纹舒朗而流畅，尽管已被风霜磨损得有些模糊，却仍然流露着秦风汉韵。砖两侧的雕刻非常清晰生动，分明是清代特有的龙纹。莫非这就是传说中的汉画像砖？它或许原本是汉墓中的建材，明清时代的文人雅士专门寻了来摆放古琴用，还给起了个雅号，叫"琴砖"。琴砖中间是个长长的空洞，弹起琴来，共鸣音宛若金声玉振。或许酷爱汉文化的乾隆真曾在此勾、剔、抹、挑，于琴韵流动间捕捉到刹那的灵光？或许这块琴砖不过只是园子里一件表现琴棋书画的器物？没有人知道，甚至旁边连一块说明的铭牌都没有。如今，琴砖已经从中间断裂，怕是再也发不出霜钟之音，而只能寂寞横卧树荫里，闲听游客喧嚣过。

　　其实，御花园里最耐看的石头还不是什么珍石、奇砖，而是脚下随处可见的石子小路。匆匆而过的游客也许并没有注意，您的脚下正踏着一幅接一幅精妙绝伦的石子画！这些画，全是用鸽子蛋大小的石头子和精雕的青瓦、细磨的灰砖镶嵌出来的，极朴素，可又极讲究。

素雅的石子画一幅接一幅，迂回蜿蜒连绵不断，加起来足有两里多远。每一幅都精心搭配得色彩协调、构图精巧，每一幅都蕴藏着特定的含义。近千幅韵律优美的画面连接起来真是妙趣横生，简直堪比花园东北角上摛藻堂里那部《四库全书荟要》的绘图本。砖石组成的线条流畅生动，描绘出五光十色的大千世界。行走于其上，步履间仿佛有了穿越时空般的曼妙，怎能不觉得一砖一瓦写成的历史就在脚下呢？当大滴大滴的雨珠落在石子路上溅起点点水花的时候，仿佛还能依稀听到昔日里帝王、后妃们的脚步声吧？

石子画上的内容无所不包，有琴棋书画，有吉祥图案，有文字器物，有寓言传说……不过似乎以花草植被居多。既看得见梅兰竹菊四君子，也有象征事事如意的柿子图和榴开百子等吉祥果。红、白、绿、蓝、褐各色石子点染在地上，掩映于树木枝叶斑驳的光影之下，勾勒出一派生机勃勃的自然风情，和周围的景致共同营造出一派气韵流畅的诗情画意。

动物主题的画幅也为数不少。不管是狮子滚绣球、猛虎下山，还是蟾蜍戏水、三阳开泰，无不拼码得活灵活现。这些生动的画面隐含着象征和寓意，比如两只行走的梅花鹿是借了路路顺利的谐音，而莲藕和鲤鱼的组合则必是象征连年有余了。动物画中也有妙趣横生的谐趣图：一只黄鼠狼探头对一只母鸡搔首弄姿，那母鸡则虎视眈眈地保护着身后的三只小雏。一看就知道，这是那句谚语："黄鼠狼给鸡拜年，没安好心。"

最生动的石子画莫过于那一百多幅精妙绝伦的人物图了。不仅有舞台上整本的三国戏，还有"松下问童子""牧童遥指杏花村"等诗词意境，更有男耕女织、渔樵问答以及夕阳下的骆驼队等等惟妙惟肖的世俗生活场景。那些砖瓦拼接出的人物无不仪态细腻、气韵传神。有意思的是，在花园西面甬路旁居然还有一幅描绘男子怕老婆的石子画：但见那男的一会儿头顶板凳聆听老婆训斥，一会儿又跪在搓衣板上头顶油灯求饶。而他老婆则在一旁紧握擀面杖怒目而视。最终那男子不堪折磨骑上毛驴逃跑了，老婆却高举擀面杖在后面穷追不舍。这幽默诙谐的故事当然不是说的某个皇帝，而是来源于一出叫作"赌徒顶灯"的市井小戏。生活的主题让石子画承接着地气，甚至晚清的新生事物也跃然地上，天一门西的一组石子画里不但有火车、洋车和自行车等现代交通工具，甚至出现了路灯和头顶大壳帽的交通警。

御花园里为什么要修葺如此工艺精湛而内涵深厚的石子路？当然首先是作为景致调节园林的气氛，营造出平静、淡雅、自在的主题。不过是否也委婉地提醒如履锦绣的君主多低下头来体味一下脚下所走的路，多感受一下承载着这锦绣之路的平实大地，那上面有斑斓迷人的自然色彩，有恬淡安逸的农耕之美，有真切朴实的百姓生活，有江山社稷的根脉。走在这样的路上，是否心里也觉得踏实？

在御花园北端东侧紧依着宫墙的地方，有一座奇绝巍峨的堆秀峰平地腾空而起。相传帝、后们九九重阳节可以来此登高一览，看看这座世上最美的城，也感受一下宫墙外那充满人情味儿的大都市。也有人说因为园子西侧和堆秀峰相对的延晖阁是选秀女用的，秀女们想家的时候可以恩准登上东面的堆秀峰朝着家的方向眺望，记挂一下远方的父母兄妹，回味一下家的温暖。

# 凡间天宫之门

　　永乐十五年（1417）早春的那个清晨，大运河上薄雾袅袅。苏州城外运河码头上熙熙攘攘，一位名叫蒯祥的小伙子背着祖传的规和矩随着人流踏上甲板。踌躇满志的他将和几万名工匠一道从这里乘船北上，到千里之外的北京营造一座新皇城。

　　船队穿过阳光下黄灿灿的油菜花，穿过齐鲁大地上洒着月光的麦田，披星戴月向北日夜兼程。蒯祥没有心思欣赏两岸的景色，他的脑海里始终萦绕着一座梦幻般的城池——红墙金瓦围绕着缥缈的宫殿，宫殿两旁是俊秀的园林，银白的天河蜿蜒曲折穿城而过，城池的正门雄伟壮丽，白玉铺就的甬道从深幽的门洞一直通往凡间……而如今，他马上就有机会亲手缔造出这一切来了！想到这里，年轻人不由得有些兴奋。他相信自己能够完成这一壮举，他有祖传的手艺和一帮弟兄，他们都是闻名天下的苏州香山帮匠人。

日子过得很快，船队一转眼驶进了通州，燃灯塔就在眼前了。

封建时代，皇帝自诩为人间的紫微星。皇帝工作和生活的所在是大内禁地，自然就叫作紫禁城了。紧密环绕紫禁城的是周长十八里的皇城，蕴藏着深奥的哲理与完美和谐的次序。皇城的正门非同小可——它是"受命于天"的天子通往凡间之门；它是御驾亲征时祭路，殿试公布"三甲"之门；它还是诏告天下，颁发历法的所在。这座众妙之门标榜着皇权的威仪，意味着"奉天承运"，它的名字叫承天门。设计营建这座天宫大门的重任，幸运地落在了刚刚进京的蒯祥身上……

永乐十九年，承天门竣工了。群臣簇拥下的永乐皇帝仰望着金碧辉煌的门楼不由龙颜大悦，"这简直就是鲁班爷造的嘛！"金口玉言，"蒯鲁班"的名号就此传开。蒯祥因为营建皇城和皇陵有功而平步青云，最终做到了工部左侍郎。

遗憾的是，最初的承天门在建成三十七年后的天顺元年（1457）夏天毁于雷火。直到成化元年（1465），承天门才得以重修，并且扩建成了九开间式样的高大城门楼，规模比原来更大了。

人的一生，只不过是历史的一瞬。转眼又过了十多年，八十三岁的蒯侍郎永远离开了他所参与营建的人间天宫，葬回了他的故乡苏州香山。为了纪念这位皇城的营造者，京城的人把他住过的胡同叫蒯侍郎胡同。

当初跟蒯祥同时进京的那些工匠大多没有他那么幸运。他们永远留在了京城里，而他们的子孙后人也就成了所谓的老北京。其实北京本来就是一座移民城市。古都不是从地里自然长出来的，而是十万工匠、百万役夫一砖一瓦盖起来的。所有的北京人也都不能说是祖祖辈辈生长于此，只不过是因为某种历史原因早几辈子迁过来，或由于某个历史事件晚几代人搬进来，住上个几代人，言谈举止间沾染上了北京的做派，也就称作老北京了。

扩建后的承天门在修修补补中历尽明王朝一百八十来个

寒暑春秋，直到崇祯十七年（1644），随着大明的覆灭销毁于战火。原本举行隆重活动的承天门变成了一片荒凉的废墟。门楼子西面那个石狮子的肚皮上至今还能看到当初李自成留下的箭伤。

城头变幻大王旗。没过几天，一个来自北方的新王朝到了这里。大清的天子同样需要这么个地方诏告天下：朕来这儿当皇帝是合情合理的，因为朕的皇权受命于天。

顺治八年（1651），就在原来承天门的废墟上，一座更为雄伟的城楼拔地而起。巨大的汉白玉须弥座上是开有五座拱门的砖砌朱色城台。城台上面是巍峨的两层宫殿式城楼。东西阔九间，南北进深五间，象征着《周易》中乾卦所说的"九五，飞龙在天"。城楼四周，六十根朱红色通天圆柱稳稳地支撑起金黄琉璃瓦重檐歇山式大屋顶，楼外绕以汉白玉石栏。城楼前是被红墙封闭着的狭形广场，更加衬托出这里的神秘与森严。

"就叫天安门吧！受命于天，安邦治民，希望天下永得平安。"九月的高天下，踏着城楼上一平如砥的金砖，顺治皇帝的心情也像北京的秋天一样爽。新的朝仪开始了。天安门前又恢复了往日的肃穆庄严。

古老的紫禁城，掩映在中轴线的松柏与烟尘之中，深沉苍凉

　　每当皇帝登基、册立皇后等重大庆典的时候，天安门前照例举行着隆重的"金凤颁诏"仪式。"奉天承运，皇帝诏曰……"的声音在这里又回响了二百六十余年。

　　嘉庆元年（1796）正月初一，天安门迎来了大清王朝乃至中国两千年封建时代最隆重的盛典。优雅的韶乐声中，盖着"皇帝之宝"的诏书由礼部尚书用云盘承接着捧出太和殿，在仪仗的护卫下抬上天安门城楼，安放在铺着明黄色锦

78

缎的宣诏台上。衣冠楚楚的宣诏官高声宣读。诏书的内容旷古少有：时年86岁，在位六十年的乾隆把皇帝之位禅让给了儿子嘉庆。自尧、舜起只在史册中传闻的禅让之说变成了现实。金水桥对岸广场上的文武百官三跪九叩，山呼万岁。奉诏官小心翼翼地把诏书卷起，衔放在一只金丝楠木雕成的金凤嘴里。金凤用红色丝带悬吊起来从天安门正中的垛口处徐徐放下，诏书仿佛从天宫降落到人间。城楼下的接诏官双膝跪倒，双手捧着雕刻精美的云朵状的木盘接过诏书。在绮罗伞盖的簇拥下，诏书被浩浩荡荡的队伍抬出天安门正南方的大清门，之后由礼部衙门颁告天下。

这前无古人的盛世怎能不让君臣们沉浸在自大的幸福里？天下真的"安"了。天安门后的紫禁城内，嘉庆皇帝正在聆听太上皇乾隆的训政。他要稳稳当当地把自己这份超豪华家业经营下去。并不太高的红墙之外，就是他的天下。当初打下这份天下的八旗精锐早已习惯了效仿太上皇沉醉于各种精致的玩乐中而不思进取了。在他们看来，反正天下之外都是些不足挂齿的蕞尔小邦和蛮荒之地。

然而，陶醉在"天朝上国"的迷梦中的皇帝父子没有想到，皇城四周那道红墙上琉璃瓦耀眼的金光封闭了他们的视线。就在这一年，在大洋彼岸，华盛顿为了民主不顾公众的呼声拒绝连任第三届总统，发表了对美国人民的告别词。在遥远的欧洲，拉普拉斯发表了《宇宙体系论》，把目光投向深邃的太空。而在中国万里海疆的周围，列强们的船队已经开始频繁出没。闭关锁国状态下的太平盛世不会太久了。

天安门的前后各有一对古朴秀美，雕刻着盘龙和云朵的华表。华表顶端精美的飞翼上方柱头上各坐着一只瑞兽，它的名字叫"犼"。向北的一对是闭着嘴的，叫作"望君出"，它俩期待着宫里的皇帝经常出来看望臣民，体察民间疾苦。朝南的一对又称"望君归"，它俩呼唤在宫外的皇帝赶快回宫来勤于朝政。它们在这里守护了几百年，提醒每一位君王勤政为民。天子换了一位又一位，大臣换了一拨又一拨，只有它们一直端坐在那里勤勉地守望着。

华表上的神兽并不能阻止封建王朝的衰落与覆灭。它们目睹了八国联军的铁蹄在这里践踏，眼睁睁地看着帝国主义的炮火击中了天安门城楼，也击中了华表的石柱。天安门广场变成了侵略军牧马屯兵、耀武扬威的操练场。那时的天安门是何等屈辱！

宣统三年十二月廿五（1912年2月12日），衰落的大清帝国在天安门举行了最后一次"颁诏"仪式，宣布宣统皇帝溥仪退位。"人心所向，天命可知。"中华两千多年的君主专制制度到此宣告终结。

然而，皇帝的退位并没有带来"人民安堵，海宇乂安"，天安门前也并未就此消停。一对"望君归"高高地站在那里望穿秋水，也望破了长空，它见识了太多的风霜雨雪，也聆听了回荡在古都上空那震撼神州的吼声。那是1919年5月4日，巍峨的城楼前第一次穿过了浩浩荡荡的游行队伍，受到新文化运动启蒙的莘莘学子高扬起民主、爱国、自救的大旗，惊醒了沉睡的中华大地。一个崭新的时代开始了。

宽大、整洁的天安门，野火烧过，春风吹过；云卷云舒间，几百个春秋凝聚于此。古老的城楼在经历了无数次血与火的洗涤后得以涅槃，最终成为新中国的标志铭于国徽正中央。它象征着东方古国伟大雍容的恢弘气象，那永恒的神采，感染着从它身边经过的每一个普通人。

# 燕燕于飞

　　老北京话"内九外七"说的是内外城的城门。北京的内外城不是一起建的，内城建于明代永乐年间，当时叫大城或京城，城垣上开了九座城门，南面正当间是正阳门，一左一右是崇文门、宣武门，城墙朝东的一面有朝阳门、东直门，朝西的一面有阜成门、西直门，北面偏东是安定门，偏西是德胜门，正当间并不开门。大城建成一百四十多年后的嘉靖年间才又建起了外城。内外城的格局并非像京剧《游龙戏凤》里正德皇帝唱得那样"大圈圈套着小圈圈"，据说当初建外城的时候盖着盖着没钱了，结果只建了南城，把京城修成了"凸"字形。这么一来，外城的城门自然比内城的要少，中间是正对着正阳门的永定门，往东转是左安门、广渠门，往西转是右安门、广宁门，再加上东西便门两个小捃腰儿，于是就有了"内九外七"的北京城。清代并没有改变京城的格局，只是道光年间为了避皇帝名讳把广宁门改名广安门。这些地名至今都在，只是大多不见了城门。

古人说的城门并不单指两扇大门，而是包括城门楼、箭楼、瓮城在内的一组高大建筑。可以想象几百年前从"内九外七"进进出出的各色人等抬头看见高耸的城门楼子心里感觉是何等震撼，恐怕不亚于我们今天仰望山峦峭壁吧。尤其是谷雨前后的黄昏时分，转眼间也不知打哪飞来成群成片的燕子，遮天蔽日地绕着城门楼子急速飞翔，时而尖锐地鸣唱着钻进飞檐斗拱的缝隙里，时而急速俯冲下去轻掠护城河水，那矫捷的羽翼如同两把银灰色的镰刀划破晚霞的余晖，衬托着凝重的青砖高楼，让那城楼越发显得威严神秘，凸显出古都特有的意象。更为神秘的是每年一到最热的中伏天，大雨哗啦哗啦下来的时候，城楼周围的燕群又几乎是一夜之间直入长空销声匿迹了，再看不到半点踪影。算下来这种鸟现身于京城，前前后后也就九十多天，再见时，又是一年春明。"无往焉而不知其所至，去而来不知其所止。"或许这天空中自由的精灵是来自《庄子》所说的玄水吧？这也未可知。

有人说这鸟就是玄鸟。《诗经》里讲"天命玄鸟，降而生商"，传说当初商族的老祖母简狄在春明时节到河边洗澡，无意间吞服了一枚神秘的玄鸟蛋，继而受孕生下了商的始祖契。《史记》里也有"吞鳦卵而生契"的记载。"鳦"是古写的"燕"字，或许北京周围这块风水宝地当初正是由于每年都能看见这种玄黑色的鸟才得名"燕"的吧？

在商代，玄鸟归来的那一天意味着春水涌动，也意味着青年男女们又开始了两两相依去草香花开的小河边相爱的时节。到了周代虽说有了纳采、问名等等一整套男婚女嫁之礼，但还是延续了古老的传统允许少男少女在上巳日有一天的时光可以自由相约于郊野，上巳节也就成了中国传统节日里少有的情人节。魏晋之后，上巳节渐渐固定在农历三月三，一下子传了两千年。直到20世纪中叶北京城里依然有专属于上巳节的风俗，只不过早就把《诗经》里少男少女互赠芍药花的浪漫演化成了各家各户的小媳妇们去护城河南的蟠桃宫求子拴娃娃的仪式，这就是有名的蟠桃宫庙会。正所谓："三月初三春正长，蟠桃宫里看烧香。沿河一带风微起，十丈红尘匝地飏。"细品起来，北京城的上巳节依然饱含着温馨的青春气。

熙熙攘攘赶庙会的男男女女自然看见了护城河上和城楼周围翻飞的燕群，怎么就觉得跟自家院子里叽叽喳喳的小燕子不大一样呢？家里的燕子飞起来尾巴是岔开的，那姿态安然轻快，城楼周围飞旋的燕子尾巴是合拢的，动作矫捷如闪电；家里的燕子在房檐底下衔泥土筑巢，城楼上的燕子只在大屋顶的檩木和椽子的窄洞子间钻进飞出；家里的燕子经常是几只并排落在树枝或线绳上呢喃细语，城楼上的燕子没人瞧见它怎么站着，叫唤起来声音也并不悦耳，倒是透着尖脆犀利。推着独轮车进城赶庙会卖粗豌豆黄的小贩们瞧见这燕子就更眼生，这种燕子除了在城门楼子和城里的大庙古塔周围极速飞旋，郊县的田野和村子里就没见过它的影子。也有些个喜欢上房揭瓦的调皮孩子爬到破庙大屋顶上掏过椽子洞里的燕子窝，发现它两条小腿又细又短，窝在肚皮底下根本站不起来。更奇怪的是这鸟的四只脚趾全都朝前长着，和家燕、喜鹊三前一后的脚趾完全不同。抓住一只托在手上掂一掂，竟然没有一个鸡蛋重，身轻如燕原来是这么回事呀！也难为它能飞那么高、那么快，真是奇了。可这奇怪的小家伙到底是什么鸟呢？谁也说不准。或许它生来眼高，只认高楼？那就叫它楼燕吧。

1870年，英国博物学家罗伯特·斯温侯来北京采集鸟类标本，捕获了一只楼燕，发现它在动物分类学上属于雨燕科，但又与欧洲见到的普通雨燕有着明显的形态差异，于是欣然以其发现地"北京"命名了这个雨燕的新亚种——普通雨燕北京亚种（Apus apus pekinensis），简称北京雨燕。"京"与"燕"成就了千年的缘分。燕，由此而以北京得名。至于它究竟从哪里飞来又飞到哪里，迁徙途中穿越了怎样的沧海桑田，是一百四十多年后才揭开的谜底。

从生物学上讲，北京雨燕与生活在院子里屋檐下的家燕风马牛不相及，二者分属不同的目，北京雨燕倒是与大名鼎鼎的金丝燕同属雨燕科。人们听说金丝燕多半是因为名贵的燕窝，听说而已，未必见过活的燕子。京城里那些达官贵人用来炖汤滋补的燕窝正是金丝燕迁徙到东南亚一带海岛上所筑的巢。为了繁衍，金丝燕栖身于悬崖峭壁的洞穴石缝，从嘴里吐出黏腻的唾液来筑巢，一圈圈一层层，经海风吹过就凝结成了孵蛋育雏的燕窝，活像一只半透明的水晶盏。

雨燕的飞行速度极快，迁徙路线极长，它吃喝、它睡眠、它交尾都在飞行过程中完成，只是在繁育期才落在峭壁上筑巢孵蛋。长期高速飞行使这种鸟的腿演化得又短又细，四趾朝前，丧失了蹬地而起的能力。它只能靠锐利的趾尖攀附在高处纵身一跃，凭借风力滑翔起飞，之后就那么飞呀飞，一旦落地就再也飞不起来了。王家卫在电影《阿飞正传》里通过主人公阿飞之口说了句充满哲理的台词："这个世界上有一种鸟是没有脚的，它可以一直飞呀飞，飞累了便在风中睡觉。这种鸟儿一辈子只可以下地一次，那一次就是它死的时候。"有人说这种鸟就是雨燕。雨燕学名"Apus"，希腊语本意正是"无脚之鸟"。没有脚，却奋飞于长空；行万里，却不知何来何往。雨燕的一生凄美而神秘。

雨燕本该筑巢于天成的峭壁，可又怎么改变了习性选择人建的京城择楼而栖呢？我们只能揣测。也许早先它是栖身于这一带的山峦石缝之间的，要不怎么先有燕山，再有燕地，后有燕国呢？也不知是哪一年的春天，归来的雨燕忽然发现山下平原上建起了一圈大城，大城上盖起了高楼大厦，楼宇飞檐之下的椽木梁檩纵横交错着，那不正是一个个现成的归巢吗？于是纷纷两膀一夹合拢长翅缩身进去，从此风吹不着雨打不到，人造的木质长洞自然比冰冷的山石岩缝要暖和多了。这么舒服的安乐窝怕是只能在日下春明之地才能见到吧，那就在高楼上生儿育女好了。雨燕在京城的高楼上传宗接代，一住就是几百年。

想当初，罗伯特·斯温侯命名北京雨燕的时候，应该是这种习性独特的鸟较为繁盛的时候。那时的北京城还是"内九外七"的模样，城里的院子尽管都是些平房，可胡同里有着众多古庙砖塔。在雨燕眼里，那必是一间间数不清的好房子。那时候的古都虽然破旧，却容下了长啸着漫天飞舞的雨燕。有数据说20世纪初北京雨燕种群数量大约能有五万只之多。

后来的一百多年间北京城日新月异，不见了大城，城楼只剩下了正南的正阳门和箭楼子还有北面德胜门的箭楼，以至于很多年轻人都不知道"内九外七"说的是怎么回事。好在故宫附近宫殿群落的大屋顶下还是留下了大群雨燕，每年来此狂欢一季。1974年，有位鸟类爱好者沿筒子河骑自行车兜了一大圈记录到了雨燕510只。到了80年代，据说是为了防止鸟粪腐蚀古建筑就在斗拱外面装上了细密的防鸟网，从此雨燕在北京的栖息地变得屈指可数了。2000年，那位鸟类爱好者已经是以动物学家身份退休的老者了，他沿着当年同样的路线以同样的方式又骑车兜了一圈，却仅仅记录到

85只雨燕的身影。按照2014年的统计数据，北京雨燕仅存2700只左右。

雨燕不怕人，甚至就是奔着人来的，为了与人相处，这些鸟不惜改变了自己的习性，变得与古都血脉交融。然而不可否认，80年代以后的三四十年是北京现代化建设飞速发展的时期，同时也是北京雨燕急剧减少的时期，或许因为雨燕可住的古建少了，又或许因为雨燕可吃的虫子少了？人与鸟应该如何相守？鸟只能适应，人却要思考。

也就是在2014年，研究人员首次在颐和园给北京雨燕戴上了电子设备微型光敏定位仪，经过三四年跟踪，通过下载数据分析，彻底解开了北京雨燕的迁徙之谜。原来，离开北京的小精灵们并不是像以往人们猜测的那样向南飞去，而是奔西北方向飞走了。它们一路飞跃了蒙古戈壁，穿行西域，从准噶尔盆地进入中亚，沿着里海南岸飞过伊朗高原，擦着底格里斯河和幼发拉底河入海口跨过阿拉伯半岛，大概在离开北京一个月后的8月中旬，雨燕群飞过红海进入了神秘的非洲。之后掉头向南飞呀飞，在刚果盆地小作徘徊休整后直奔南非高原。11月初的南非正值暮春时节，雨燕会在那里待上百十来天，等到第二年2月中旬，雨燕又开始风雨兼程一门心思奔北京赶。回来的速度要比去的时候快得多，仅仅用了六十多天就从非洲西南启程，穿山海、跨峡谷、过戈壁，一路风驰电掣返回了北京的爱巢。这一去一回，历经的是三万公里天际。

"燕燕于飞，差池其羽。"千年古都终究还是奋飞于长空的小精灵们漂泊万里后的归宿。

在大城北京的屋檐下，雨燕安然地孵卵育雏繁衍后代，嘹亮地唱着古歌已然度过千百年光景。在这些小精灵千百个轮回形成的记忆深处，它们看到些什么，听到些什么？或许什么都有，或许什么都没有。

五行八作

# 大酒缸，小酒铺

　　我记事的时候，北京已经没有了老舍笔下的茶馆。街边那些卖茶水的仅仅算是个摊位——一张半旧的桌子上摆放着一摞蓝边白瓷碗，几个大小不等的木头板凳或是绿帆布马扎围在四周。所卖的茶是用最便宜的茶叶煮出来的，盛在桌子底下的大白搪瓷桶里预备着。有人要喝时，就用水舀子舀在瓷碗里冒着热气端过来，黄澄澄的。这就叫大碗茶，二分一碗。

　　大碗茶没什么茶香，更谈不上回甘，只是略微带些苦涩，多少算有些茶味儿吧。喝大碗茶的都是过路人为了解渴，也有外地人坐下来歇脚，顺便向卖茶的大妈打听去王府井怎么走。至于印象中老北京茶馆里种种闲散和悠然，在这儿完全是见不到的。不过，我小时候胡同口高台阶上的小酒铺里，倒是透出来地道的京范儿。

酒铺，曾经是北京非常兴隆的一种业态，几乎隔上几条胡同就能有一家。大的在街面儿上，能摆下四五张八仙桌；小的往往藏在两条胡同的交叉口，也就能容下五六个主顾。那时的酒铺完全不同于现在的酒吧，算不上什么高消费，更没有半点小资情调。那时的酒铺是街坊邻居凑热闹的所在，与贫富无关，只承载着百姓简单的快乐。

酒铺的前身是老北京街头巷尾必备的大酒缸，算是"五味神"之一。一口盖着木头盖子的大缸下半截子埋在地里，上半截子就成了圆桌，掌柜的备一些简单的酒菜，供周围的街坊邻居们没事的时候过来喝上两口。而所谓"五味神"也就是五种带着香味儿的店铺：油盐店、茶叶铺、大酒缸、中药铺和香烛铺，给简朴、淳雅的胡同生活带来阵阵幽香。只是上世纪六七十年代的酒铺里已经不见了埋在地下半截子的大酒缸，而改成简易八仙桌了。

酒铺里卖的自然是酒，可从来没见有茅台、西凤，连瓶装的二锅头都不算多。要是哪家酒铺偶尔摆出几瓶四特，那便成了胡同里的老少爷们儿口口相传的话题:"嘿!酒铺上四特了嘿!据说谁谁谁最爱喝这种酒。那个香呀!""怎么着?二哥。打算饿上一礼拜买瓶四特孝敬老丈杆子去?"

　　酒腻子们来喝的主要是散装白酒,就在柜台上那两个二尺多高的棕黑色陶罐子里盛着。便宜的一毛三一两,贵的一毛七一两。据说那贵的就是二锅头了。打酒的店员一手揭开裹着红布的木头盖子,另一只手捏着酒墩子的长柄,"咚"的一声把墩子头稳稳垂入罐底,又迅速拉上来。顿时,浓郁的酒香顺着酒墩子飘散开来,窜进斜倚在柜台旁那位酒腻子的鼻孔里。于是他猛吸一口,酒香直入心肺。待到满满一墩子酒半滴不洒地倒进他面前那只粗瓷酒碗里时,酒腻子已然进入微醉的状态,悠然不迫地摇着头哼唱起了二黄调。

　　真正的酒腻子开了门就来报到。他们大多是留着胡子的老爷子,多少有些邋遢,却带着老北京特有的庄重感,每天过来认真地喝酒。有时打上四两喝上大半天,有时干脆带上俩烧饼泡到天擦黑儿。他们来寻求的是单纯的酒的快乐,所以也不需要什么下酒菜。只要花四分钱买块酱豆腐放在小碟里,再向酒铺门口卖果子的二婶子要上个带把儿的山里红或海棠果,他就那么捏着山里红的把儿用果子头蘸着酱豆腐哑摸着渗酒。身体不时随着某种节奏微微晃着，仿佛要让浑身上下的每一个细胞都浸透了酒气，又像是飘摇在某段古老的戏文里。他们已然变成了酒铺里的一道不可替代的风景，永远只静坐在灯火阑珊处，永远那么不紧不慢地渗着，偶尔和相熟的老街坊有一搭没一搭地扯几句闲话。

这样神仙似的酒腻子其实并不多，每个酒铺也就一两位。他们往往是附近的老住户，有的从穿开裆裤的时候就在这几条胡同里转悠。或许历经沧桑之后一切都如过眼云烟，只有这四两烧酒和透过窗户斜洒进来的那抹暖阳能给他们带来些快乐吧。

大部分顾客与其说是来喝酒，不如说是下班之后来这儿聚会的。黄昏刚过，酒铺的气氛就开始热烈起来，家住周围胡同的工人师傅是这里的常客。那个时候国营大厂工人的收入在各个行业里相对算高的，像电子管厂的工人简直就是今天的白领阶层。四五十岁的老爷们儿家里自有媳妇操持，孩子们也用不着辅导功课。下班以后把自行车往酒铺门口一支，哥儿几个聚在一块堆先喝上顿小酒，山南海北侃个溜够。闲在中带着特有的豪爽。

这样的酒自然不是空着肚子喝的，通常要凑上几盘子玻璃柜台里整齐码放的冷荤和小菜。大家争抢着出钱，透着仗义和局气。有切好的蒜肠、粉肠、猪头肉，还可以是炸花生米或拍黄瓜。有一种叫开花豆的炸酥蚕豆，不仅嚼起来咸香酥脆，而且便宜实惠，往往最招主顾们喜欢。若是老酒腻子得着一颗开花豆，他会先嘬干净上面的盐粒子喝上大半杯，再把棕色的豆壳剥下来放在桌子上，就着两个豆瓣慢慢渗上一整杯，最后捏起那个空豆壳再过上小半杯的瘾。

社会上的奇闻逸事和小道消息是酒铺永恒的话题，他们用清醇悦耳的京腔议论着，当然也免不了有人借着酒劲发泄一下胸中的闷气，骂上几句痛快痛快嘴。愣头青小伙子的兴趣则在于听上几个一语双关的荤段子，结果往往是自己变成了被打趣的对象，招得师傅们哄堂大笑。酒铺的空气也沾染了欢乐的气氛，混合着酒气、烟气和开花豆的香味儿在微醉中荡漾起来。偶尔会有一个半大小子风风火火冲进来高喊："爸，我妈让你回家拉煤呢！"……

等到酒喝透了，街边电线杆子上的路灯也亮了，年长的师傅说句："散了，散了，明儿个再聚。"大伙儿才纷纷出门蹬上"飞鸽"或"永久"各回各家。

酒铺里也有卖啤酒的，但喝的人不多。可能是因为北京人传统的饮酒方式更倾向于细品慢渗，而喝啤酒的那种豪饮与这种传统相去甚远吧。啤酒的流行是上世纪 70 年代末，大批军垦的返城知青带回了东北喝啤酒的习惯。当时的啤酒是装在大罐里运来的散啤，倒在玻璃酒升里卖，一升正好倒出四杯。几个人就盘子生西红柿就能喝上一气。后来这种风气渐渐蔓延开来。到了夏天，家家户户拿个暖水瓶打回啤酒当冷饮，曾经一度喝得北京啤酒短缺。好像没过两年，瓶装的啤酒就大批上市了。

也就是在啤酒热后不久，胡同里的人渐渐忙碌起来，有闲心在酒铺坐下来慢慢喝的人越来越少了。随着最后几个老酒腻子的离去，小酒铺淡出了人们的视野。而那些店铺也不知什么时候都变成餐厅或是发廊了。

# 油盐酱醋

　　上世纪 80 年代以前出生的孩子，都有举着个玻璃瓶子一路玩耍着上副食店打醋的记忆。那时花一毛钱就可以打回来半瓶子醋，回家拌面条或吃饺子是必不可少的佐料。有的孩子比较聪明，大人给一毛钱，他买九分的醋，剩下的一分钱正好买两块水果糖犒劳自己。那水果糖包着五颜六色的玻璃纸，盛在透明的大玻璃罐子里，就摆在副食店的柜台上。大人心知肚明也不追问。若是真的逗他问了："今儿的醋怎么见少呀？"那孩子必淘气地舔着手指头说："跑回来路上没留神，晃荡洒了一点点。"

　　过日子，油盐酱醋是少不了的。短缺经济时代，家家一个副食本，规定着能买多少油，多少糖，多少鸡蛋，多少芝麻酱……这些东西几乎都藏在副食店里。那时候，大大小小的副食店遍布京城的每条胡同，在北京人的生活里占据着重要的位置。油香扑鼻的副食店简直就是人们心目中的圣地。那扇被老老少少天天推开成百上千次的木门早已褪了色，斑驳中露出木纹。而两个黄铜把手却永远被摸得锃光瓦亮。门里的青砖地已经凹凸不平，通往柜台的方向会有一道光亮的痕迹，那是街坊邻居们不知排了多少次队一步一步蹭出来的。那柜台上"噼里啪啦"响个不停的算盘声里承载过老街坊们太多的念想。

副食店来源于老北京的油盐店，居家过日子离不了的油盐酱醋以及各种小零碎儿几乎都有。二分钱一盒的火柴、几毛钱一包的恒大和大前门香烟、长条形的肥皂，还有让小孩子们魂牵梦萦的甲壳虫似的义利巧克力，当然也有作为奢侈品的猪肉、鸡蛋和奶粉，甚至还有唯有在过节和结婚时才有人舍得买的葡萄酒……要不怎么老话说"没有不开张的油盐店"呢？

副食店里别看货杂，却杂而不乱，不同的货色分门别类码放在不同的柜台。四指多厚的猪肉五花三层，整片子摆放在宽阔的案板上。一般人家一次也就买个两毛钱的。穿着深蓝色大褂的售货员大妈非常精准地切下薄薄的一大片，有肥有瘦，啪的一声放在秤盘子上一称，不多不少正合适。之后，用一种能看出木纹的刨花纸包好了递过来，够一家人美美吃上一顿炒菜的。若是谁家一下子买上五毛或一块钱肉，那必是家里来了非常重要的客人，因为每月一个人才半斤肉的定量。鸡蛋更是珍贵异常，卖的时候一定要一个个整齐地码在一个叫验蛋器的木头灯箱上照。确认没有坏的，顾客才肯小心翼翼放在筐子里拿走。为了保险起见，买鸡蛋的活儿通常不派小孩子来，而是婶子、大妈亲自出马。

婶子、大妈排队的时候嘴是闲不住的。评论评论张家的姑娘、李家的媳妇那是常事，也许捎带着就能给王家的小子和售货员老刘的二丫头张罗上对象。这里的店员是街坊们的老朋友，他们既热情周到又不失自尊，虽不算殷勤却总让人觉得自然舒服。他们在这个店里一干就是一辈子甚至连子女也在这里干，早就成了这条胡同里的一员。

卖油盐酱醋的柜台是木头做的。台面一寸多厚，柜台上那盘磨得红亮的算盘永远响着。酱油、醋、黄酱、芝麻酱盛在柜台后的大缸里。花生油有特制的油桶，上面带一个金属的压油装置，把打油的瓶子口对着龙头一压，按照定量给您打足，但多一滴都没有。盛在小木桶里的香油更是金贵，每人每月只有一两。所以大凡打油的时候都是拿上一大一小两个瓶子，大的装上花生油，小的专门盛香油。北京人最认这金贵的香油，不论是吃饺子还是拌凉菜都喜欢滴上几滴，那喷香的味道让人闻起来都觉得提精神。

无论是打黄酱还是芝麻酱，都要自己带上个瓷碗。售货员会先用秤称过瓷碗的重量，然后用大勺子在酱缸上面浅浅地一扠，手腕子顺势一转，勺子里的酱稳稳地抖落在称盘子上的瓷碗里，不多不少正合适。很多小孩子最喜欢帮大人干的活儿就是去打芝麻酱了，因为几乎所有的孩子都会在回家的路上一边走一边舔那香喷喷的芝麻酱，到家门口的时候还要用手指仔仔细细擦去舌头留在碗边的痕迹，而挂在嘴角的酱嘎巴儿就不管了。

副食店的记忆是醇香的，透着那么深幽、那么亲切，仿佛一鼻子吸不到底。那使人沉醉的香气来源于储存在大缸里的酱油、熏醋和芝麻酱，更来源于贮藏在小木桶里的小磨香油。当然，这香气也来源于摆在木头柜台上那两排搪瓷盆里的各种酱菜，什么小酱萝卜、水疙瘩、咸菜丝……应有尽有。"阿姨，我买一毛钱黄酱、五分钱咸菜丝。"一个小碗出现在柜台上。咦？人呢？哈哈，在下面。原来踮着脚的小脑袋还没有柜台高。这样的场景每每在副食店里上演着，给生活带来无穷乐趣。若是到了冬天，副食店还会卖腌制好了的雪里蕻，放点肉末一炒，那可是北京人过冬的细菜。

北京人冬天的当家菜是大白菜。卖冬储大白菜就像是一场群众运动，当然也是副食店一年当中最重要的工作。西北风乍起，卷着片片落叶横扫京城的时候，副食店的门口就忙活开了。一卡车一卡车的大白菜从郊区运到这里，店里的员工全体出动，在门口两侧的街道旁摆起一排排人高的菜堆，像是一座座整齐的堡垒。白菜分级定价后再过大台秤，通知各家各户赶紧拉回去。这个时候的胡同可就热闹开了。人口多的人家借来平板车拉，人口少的用坐小孩的小竹车推。各家的姑娘、小子也一起上阵，端着个搓板一次搬上几棵。也有那几个淘气孩子不正经干活儿，专捡掉在地上的菜帮子互相砍着玩儿，结果往往招来大人们一顿臭骂。

大概在上世纪80年代中期，日本电视剧《阿信》的热播让普通百姓知道了超市，当时好像叫作自选商场。但北京最早的一批自选商场出现的时候没什么顾客进去，因为那里的东西比副食店贵得多，结果往往是开了关，关了开的。经历了十几年的反反复复，最后终于取代了副食店。

充满温情的胡同生活早已难得一见，而那曾伴随着几代人的副食店今天也所剩无几，只留下一缕醇香深藏于北京人的心头。

# 怎么那么黑

"柴米油盐酱醋茶"。居家过日子，柴是第一位的，不论是烧水做饭还是取暖，一天也离不开。

不过北京城里自古烧的并不是柴，而是煤。柴，只不过是生炉子的引火工具而已。即使是过去冬天烧火炕，也是把一个小煤炉子用木板托着顺到炕洞里，让热力顺着火道把炕烘热乎了。皇宫、王府里烧的是大老远从宁夏运来的太西煤。据说那煤无烟无味，而且晶亮如乌金墨玉，拿起来不会染手。百姓烧的也是煤，有钱人家烧的是山西运来的南山高末，普通居民烧的煤则来自京西不远处门头沟的斋堂。烧柴还是烧煤，也就成了城里人和城外人的区别。

当初北京城的城门各有各的用途。像朝阳门走的是大运河运来的漕粮，西直门走的是玉泉山拉来的清水，而位于西边的阜成门，自古就是专门拉骆驼走煤用的。

一队队的骆驼慢悠悠地穿过阜成门的瓮城，脖子上的铃铛"叮当叮当"地响。拉骆驼的汉子摘下毡帽擦擦秃瓢上的汗，看一看墙壁上雕刻着的那朵梅花，满怀希望地笑了。"阜成梅花报春暖"，他和他的骆驼运来的煤很快就会分送到城里各个煤铺，加工成煤球儿卖给千家万户，给京城干冷的冬天带来一份温暖，当然他也能得到一份应有的酬劳。这样的场景在高高的城门下反复重现着，一晃就是几百年。

煤铺，曾是北京非常重要的商业场所，不论贫富谁也离不开它，每隔上三五条胡同必有一家。别看这里成天暴土扬场的，可经营煤铺并不是个粗活儿。想吃摇煤球儿这碗饭也需要特定的手艺，不但要拣干净煤矸石，筛分出硴子和煤末子，还要掺和上适量的黄土或胶泥土。至于用什么土，怎么掺，那可就有讲究了。俗话说"七分煤炭三分摇制"，比如颜色黑亮的镜煤、亮煤含炭多，热量大，就可以多加黄土；而含暗煤、丝炭煤的质量差，就得多加胶泥土。怎么掺得让煤球儿用起来火旺又禁烧，只有掌柜子自己知道，而摇煤球儿的粗活儿往往雇伙计们干。

　　从前北京的煤铺伙计大多是河北定兴县来的小伙子。每到夏季，人们就可以透过那两扇沾满煤灰的大栅栏门看见煤铺里面上演这样的情景：煤场中央的太阳地上奔跑着五六个光着脊梁的小伙子，他们先用铁锹把碾碎了的煤末子堆成直径一丈左右的大圆环，然后向中间的空地上铲进黄土。接着会有人用长长的黑皮管子浇进水去，其余的人用钉耙搅拌成很稀的黄泥浆。和好了之后，几个人站成一圈用铁锹把煤末子铲到泥浆上，让泥浆和煤末子混合均匀。等到外圈的煤末子全都混进泥浆里，那泥浆已和成了稠乎乎的黑煤泥。这时小伙子们已是满头大汗，晒得通红的后背上流淌着混合着煤灰的汗水，勾画出一道道乌黑的墨线。不过他们并不能有片刻的休息，而是用大板锹铲起一锹锹满满的煤泥，两手攥着锹把颤巍巍地端着，一溜小跑堆到煤场边缘铺好煤末子的空地上，摊成一寸来厚的大煤饼，再撒上层干煤末子，紧跟着用大铁铲仔细切割成核桃大小的煤茧。这样的煤茧呲晾[1]得半干，就可以撮进大摇筐里摇煤球儿了。

---

[1]　呲晾：放在通风处让风吹。

仲秋时节，天刚微微有些凉意，煤铺往往就要赶活儿了，会没日没夜地连轴转。电线杆子上的路灯洒下昏黄的光，映照在煤场上那一个个充满活力的身影上，宛若一幅重彩油画。热烈的劳动场景也许声音有些嘈杂，但周围的街坊们大多没什么怨言。因为他们知道，那汗流浃背劳动着的人们，会给他们带来一冬天的温暖。

摇煤球儿的大摇筐扁扁的，底下中间拴着个花盆当作轴。摇煤球儿的汉子排成一排，一个个满脸黝黑，双手握住筐边，充满节律地舞动着摇筐摇呀摇的。相声《卖布头儿》里有一段叫"怎么那么黑？怎么那么黑？气死猛张飞，不让黑李逵……"说的就是摇煤球儿的。干这活儿不仅需要过人的臂力，还必得有灵活的腰身。但见煤茧在筐里上下翻飞，用不了多久就摇出了一筐均匀光滑的煤球儿。摇好的煤球儿整齐地摊到场地上晾干，再堆成一座座小煤山存放在用木柱子和油毡搭成的煤棚里，等到彻底干透了，就可以卖给千家万户了。

蜂窝煤的出现是上世纪六七十年代才有的事。一块块蜂窝煤被专用的机器"咣当咣当"地压出来，整齐码放在煤棚里，足有一人多高。烧蜂窝煤用的是专用的铸铁炉子，比起烧煤球儿要方便得多，不用每天早晨笼火。冬天放在屋子里装上烟筒，又干净又暖和。

可一些老北京人家还是喜欢用那种上有炉盘，中间炉肚，底下是四个弯爪的传统煤球炉子。一个原因是，他们觉得蜂窝煤炉子没有传统的煤球炉子火力旺；另一个原因是，老北京人烧开水用的是水余儿，就是一个带着长把的细铁皮桶，小的只能装一杯水，大的可以装下一茶壶水。用的时候加进水去直接往通红的煤眼儿里一插，不一会儿水就"呱啦呱啦"开了。这么烧水比用水壶快得多，来了客人沏茶几乎不用等，绝不会怠慢了客人。而且老北京觉得，用这样的水沏出的花茶喝起来才最是味儿。

煤铺的生意和其他买卖不同。其他的买卖都是顾客交钱买了带走，还可以惬意地在卖场里逛逛。而买煤的从没有在煤场里逛的，甚至不愿往深里走上半步。顾客只要到门口的小窗口交钱拿小票，留下姓名，就可以扭头回家踏踏实实等着。煤都是由送煤工蹬着排子车送往各家各户的。所以买煤也叫"叫煤"，意思是叫一声就给您送到家去。除非特别原因，一般也不需要说明地址。都是周围住了几十年的老街坊，谁家住哪条胡同哪个院子，煤铺一清二楚。

煤球儿装在荆条编成的大筐里，五十斤一筐。送煤工送到顾客家院门口，朝院子里喊一嗓子："送煤的来了！"等到街门开，双膀一较劲，抬下车来，用一根皮带斜挎着，一口气背到院子深处。然后用九齿铁叉把煤球儿撮到顾客家的煤池子里，为的是让顾客看见那煤球儿各个完整均匀，而且也表明没掺末子。若叫的是蜂窝煤，送煤工会用一个木板托着进来，一溜小碎步，整齐地码放在指定地点。干完活儿后，他会抹一把汗说声"煤码好了。您点点吧"。确认无误后转身就走，绝不让自己一身的煤灰招顾客讨厌。他们懂得尊重顾客，但他们并不觉得自己有多下贱。他们心里明白，顾客同他们一样，都是努力养家糊口的人。

他们轻巧地走出院子，哼着小曲儿蹬上车，继续把温暖送到下一户人家，而自己也不知不觉演化成了胡同里的一道风景。那些黝黑的背影蹬着排子车"吱扭扭"响着穿行在北京的大小胡同里，直到上世纪 80 年代中叶，才慢慢淡出了人们的视野。

# 洗澡堂子

老北京人去澡堂子，并不是单纯去洗个澡，更是一种放松和享受。在热腾腾的大池子里泡透了身子，盖上雪白的浴巾在小床上眯上一觉，再喝上壶喷香的花茶，从骨头到肉都觉得松快。不过，这种享受仅仅属于老少爷们儿。过去女子是不泡澡的。

澡堂子的门很有讲究，必须是里外三层，中间宽敞的过厅两侧放着长椅子。洗完出来的人会坐在这儿穿上外套，同时定定神，适应一下外面的空气，以免热乎乎的身子猛地让冷风一吹再着了凉。

刚来的顾客不会在这儿逗留。他们在门厅的小窗口买了白色的小票之后就径直推开第三道门，撩开黑色的皮门帘子进去了。澡腻子们可不止买一张，而是白的、黄的、蓝的好几张。因为除了泡澡他们还要搓背、修脚。更重要的是，他们必得买上一小包茶叶。那白纸做的茶包儿叠得严严实实，是茶叶铺特意为澡堂子预备的，一包正好沏一壶。进浴池之前交给服务员，泡透了出来热热地沏上，躺在小床上慢慢喝。

小床就在浴室外的大厅里，整整齐齐的好几排。床上铺着干净的大白浴巾。两个一对用小隔板隔开，有点像火车上软卧的格局。床头有个小木头箱子，装客人换下来的衣服。中间的小茶几是放茶壶茶碗用的。

浴室里最重要的设施是一个始终热气腾腾的四方大泡池，一圈能坐下三四十人。水雾蒸腾中老少爷们儿赤身裸体围坐在池子四周浸泡着，一边等待浑身毛孔慢慢舒张着渗出汗来，一边不时大声喧哗着。小伙子们喜欢说上几句热乎乎的粗话。半大小子则会把这儿当成游泳池，一个猛子扎到对岸，搅得并不清澈的水里沉渣泛起，招来几句例行的数落。老者们并不参与其中，他们会在大池子边上那几个细长的小泡池里眯着眼打盹儿，身子直直地飘在相对干净的水里，脑袋枕在池子边叠好的白毛巾上，任水汽把脸蒸得红扑扑的。小池子的水要比大池子烫得多，年轻人一般是下不去的。

用现在的观点看，这种洗浴方式也许不够卫生，但这就是老北京人最真切的洗礼。从明清到民国，澡堂子遍布京城的各个角落，一直延续到上世纪80年代初期。像珠市口的清华池和八面槽的清华园，都算得上是百年老店了。在这里人们坦诚相见，感觉无比松快。因为，这是安分守己的胡同居民难得放肆的地方。

泡大池子有个不成文的规矩，就是可以随便搓泥，甚至可以用池子里飘着的搓脚石搓脚，但就是不能打肥皂。因为弄一池子肥皂沫子别人就没法再下去泡了。要打肥皂，您得出来到淋浴的地方。从头到脚打上肥皂在喷头底下用热水哗哗一冲，每个毛孔里的污垢都被清洗得干干净净，从里往外冒汗，浑身透着活泛气儿，让人有种脱胎换骨的酥软感。只要您往浴室门口一走，服务员就会马上递上两块干松的毛巾，小的一块擦头擦脸，大的一块披在身上。

洗完之后人们通常不会马上就走，躺在小床上半梦半醒的休息是泡澡必不可少的项目。洗澡后人会口渴，一定要多喝些水。即使您不买茶叶，服务员也会给您倒上一壶白开水预备着。想吃点心、水果也行，不过只能自己带来。冬天的时候人们通常会带个冻柿子，泡澡之前放在茶碗上，等到洗完出来，柿子刚好融化，带着冰碴吸溜吸溜一吃，那才叫舒坦。

澡堂子还有一样特别的享受就是修脚。修脚师傅戴着眼镜在雪亮的台灯下摆开各种刀具，聚精会神地或片、或挖、或分、或刮，为顾客削好指甲，修平脚垫，客人半躺在椅子上浑然不觉，有的能舒服得睡着了。据说这些都是祖传的手艺，能够评到技工八级。

澡堂子就是这么一处闲适的所在，花钱不多，却可以享受到朴素的快乐，让人们身心感觉到无比爽快。所以地道的北京话不说洗澡，而是叫泡澡堂子。洗，是个单纯的动作。泡，图的是个舒坦，图的是个心境，骨子里透着一种闲在。有些澡腻子隔三岔五地开了门就来，一泡就是一整天。"三爷，您说这京城里还有比澡堂子更舒坦的地方吗？没有。"一位澡腻子一边感慨着一边给对面床的澡友倒上杯茶。"可不。即便在家也不能这么脱光眼儿呀！"老哥俩喝足茶了醒醒神，回头进浴池接着泡个二回，重温一下这廉价的享受。

　　好一些的澡堂子还会附带理发馆。理完发进去泡个澡，出来之后在大皮椅子上一躺，吹吹风，刮个脸。那师傅会用小刷子在搪瓷碗里蘸上肥皂水，把顾客的整个脸涂抹上一层细腻的肥皂沫子。之后手举刮刀，轻轻操作。半躺着的顾客任凭那锋利的刀刃游走于眉宇之间，从脑门儿到鼻洼鬓角，甚至眼皮上和耳朵里都被刮得干干净净。一种莫名的快感让人飘飘然，不知不觉进入梦乡。等待被师傅轻轻唤醒之时，整个人已然都洗心革面，神采焕然了。

　　澡堂子也有特忙的时候。逢年过节，大家都想洗得干干净净，那时候澡堂子的床位可是不够用的，只好预备些大竹筐。客人进来服务员必先问您："脱箱？还是脱筐？"如果脱箱，对不起，您排队等着。要是着急，您自己托个大筐装换下来的衣服，服务员帮您照看着，洗完了您直接走人。

　　也是上世纪80年代中期，澡堂子越来越少，洗澡的人却越来越多，脱筐变成了常态。小床也被纷纷拆除，只剩下空箱前面放把椅子。有条件的人开始在自己家里装简易的洗澡设施，不再去泡澡堂子了。

114

后来人们大多住进了单元楼，自己家里就有浴室，仅存的几个老式澡堂子难以为继。加之新式的桑拿洗浴不知什么时候冒了出来，北京的澡堂子连同那种泡澡方式，那种特有的生活彻底消失了，只是在一些老北京的心目中至今还残存着些温暖的影子。

# 身穿瑞蚨祥

所谓生活，衣食住行。看来，穿衣服的重要性并不亚于吃饭。

在老北京，说起穿衣服就不能不提前门外大栅栏的瑞蚨祥。您可别以为瑞蚨祥只卖有钱有势的人穿的绫罗绸缎。事实上，从清末开始的百十来年里，北京城里贫苦人穿的白布小褂同样是用瑞蚨祥的大五福布做出来的。而且这里的布往往比别人家的还便宜。为什么呢？原来瑞蚨祥为了立字号，普通的白布宁肯赔着卖。至于其他颜色的布匹，那更是挑选优质布坯，采用上好的颜料精工细染，而且讲究薄利多销，所以并不贵，店上赚的是个人气。什么叫名店？就是得有让

116

人忘不了的东西。货色可以进好的，手艺可以学来，可是唯独这人气，是花了大心程才聚来的。

京城上下好面子的老少爷们儿、婶子、大妈，几辈子都穿着瑞蚨祥的青蓝布裁剪出的新衣裳走亲戚看朋友，脸上透着光彩。至于达官贵人用的绸缎绣货，那当然首推瑞蚨祥，别人家难得一见的好货色这儿全能置办齐全，不过价钱也没商量，从来没有打折贱卖的时候，这就叫"言无二价"。也别说什么绫罗绸缎了，就算再有钱的主儿，您来这儿也不会失了身份。皮柜上有貂皮的褂子、海龙皮的大氅，甭管您有多少钱都能留这儿。北京城多少年传着那句俗话"身穿瑞蚨祥"，以至于许多人家用的料子非瑞蚨祥不买。

生意能做到这个份儿上那得说是有些道行。瑞蚨祥的"道"可真算得上是生财的大道。中国商人的最高境界叫"儒商"，可真正配用这两个字的商号并不多。道理很简单，传统的读书人追求"学而优则仕"。衙门里那些挣不了几个钱的小官吏若论社会地位远远在腰缠万贯的商人之上。即使做不了官，回家务农也透着比做买卖有出息。可瑞蚨祥是个例外，瑞蚨祥的创立者孟洛川称得上是不折不扣的儒商。因为，他不仅是亚圣孟子的第六十九代后人，而且行动坐卧、待人接物唯孔孟之道是尊，把儒家的礼教活生生地融在生意里。

光绪十九年（1893），四十来岁的孟洛川踌躇满志，把山东老家的绸布店开进了京城最繁华的商业街区大栅栏，并且颇费心思地借鉴了古书《淮南子》里的典故起名为"瑞蚨祥"，希望神虫青蚨能给自己的买卖带来滚滚财源。可谁曾想，刚刚苦心经营了几个寒暑，庚子年的一把大火把大栅栏的几千家商铺烧得片瓦不留。面对着一片瓦砾，孟洛川欲哭无泪，难道这半辈子的心血就这么灰飞烟灭了？

不能够！儒商的生意靠的是韧性，更靠君子般的品性和人情味儿。孟洛川召集伙计收拾残局，在废墟上支起了地摊儿。摊子边上贴张告示：凡瑞蚨祥欠顾客的账一律奉还，凡是顾客欠瑞蚨祥的账一笔勾销。

还真是"青蚨飞去复飞来"。没过两三年，大栅栏街北中央位置就建起了一座坚固大气的青灰色巴洛克式门楼，粗大的石柱雕刻着爱奥尼克式涡卷，精美的浮雕又是典型的中式装饰——左右的荷花和牡丹意味着和气生财，正上方的松鹤图象征着买卖长盛不衰。松鹤图的下方是三个庄重的乌黑大字——瑞蚨祥，那是当朝瀚林李林庠的手笔。

北京人从来不排外。他们从四九城坐着洋车来到这座洋式建筑面前，仰视着高高的门楼上那三个大字，隐约能感觉到像双臂一样展开的弧形门面里聚着一种浑厚的气韵，那或许就是以德盛金、雄踞天下的儒商品质吧。他们认可了这家店是属于北京的。他们觉得穿这里的绸布做出的衣裳才更体面，才更像自己。

今天，当你走进那两扇坚固的大铁门，看到的景致一如百余年前：天井边上的青砖影壁上是精美的砖雕，刻着五只蝙蝠围绕着大大的福字。天井的上方是能升降的铁罩棚，这在当初可是个新鲜玩意儿。迎面的中式楼阁铺面描金绘彩，人没进去就已经透过玻璃看见里面宽阔的店堂。那店堂是中西合璧的二层楼式样：大厅周围雕梁画栋，古朴的货架上整齐地摆放着各色绸布，靠墙的位置陈设着茶几和坐椅。抬头看，二层是一圈镂空雕刻的绿色围栏，头顶上高高的棚顶如规整的棋盘，一块块方方正正的天花板描绘着淡绿色的图案，让人看着就觉得爽利。明澈的阳光透过屋顶四周的雕花玻璃窗斜照进来，在一匹匹五光十色的绸缎布匹上缓缓移动，散发出鲜亮的光晕。

不过，这里的气韵和百年前又确有不同。当初，您一进门，必有身穿青布大褂儿的漂亮小伙计主动过来打招呼。不远处的中年柜头先生则正姿态优雅地向您笑眯眯地拱手，落落大方、彬彬有礼。小伙计并不急着问"您买什么？"而是陪在您身后在店里转悠。等您瞧够了，他会极客气地把您让到边上的茶座儿坐下，一边轻声地说："您先歇歇脚，喝点茶，吃块点心。"一边端上一壶喷香的茉莉香片和一盘精细的酥皮儿或是萨其马，然后听您招呼把相中的绸布整匹搬过来细看。也许这号买卖还就真的赚不回这壶茶钱，那也没关系，伙计照样把您伺候舒坦了直至送出店门，说一句"回见了您呐"，在自然而然中显出礼貌和教养。买不买东西您心里都会觉得暖烘烘的。

您若是需要介绍，伙计必是先给您推荐中档和次些的货色。要是您没看上眼，再给您拿最贵的过来。所谓君子，就是给您留退身步，对您的敬重让您自己心里明白。待到您选好料子，定好尺寸，必是按您的盼咐把布裁好了包上后拿过来。至于尺寸，您尽管放心，从来是买一丈加八寸，回家一量肯定比您要的多。"放尺"是柜上的老规矩。

很长一个时期，瑞蚨祥销量最大的品种是专门定制的各色平纹色布。跟别人家不同的是，那布不仅纱好，而且染完了不能立马上市，而要在专门的布窖里存放上半年多，直等到颜色充分浸透了每根细纱，看上去显得匀艳稳重，布面透着平整仔腻①，才能拿到柜上来卖，这叫作"闷色"。比如酒是越陈越醇，酱是越酿越香，经过"闷色"的布怎么洗也不褪色，而且缩水也很少。按瑞蚨祥的规矩，闷色的天数差一天也不成，卖的时候还要加盖上专门的印章已示信誉。这期间的本钱，自然是柜上担了。

至于高档的绸缎，瑞蚨祥更是下足了功夫，派人到南方精挑细选，甚至不惜专门定制。别人家的纺绸都是用四合成丝织，瑞蚨祥的六合成丝织；别人家的熟罗最好也就十一丝，而瑞蚨祥是十三丝的甚至到十五丝，而且用的是上等的好丝。京城里难得一见的祥云纱、薯莨绸、承湘葛、哆啰麻，瑞蚨祥也都预备着，这叫奇货可居……

功夫下到这份儿上，有谁能不挑大拇哥呢？当年不仅宋哲元、张自忠等等要员是瑞蚨祥的常客，就连荀慧生、梅兰芳这些名角儿在台上用的绣花披垫、幔帐也是瑞蚨祥置办的。这么说吧，当初京城里从百姓日常穿衣到社会名流的奢

---

① 平整仔腻：细腻、密实。

侈品都是瑞蚨祥的生意。瑞蚨祥让北京人身上干净利落，脸上觉得有光。一家绸布店，就这么着融在北京人的日子里。

生意，做的是心思，做的是实诚，更做的是底蕴。瑞蚨祥那昔日京城八大祥之首的名号可不是白给的。也正是由于这与众不同的身世，瑞蚨祥才承担得起与众不同的殊荣——新中国成立之时开国大典上升起的那面鲜艳的五星红旗，就是用北京瑞蚨祥提供的红绸子和黄缎子做的。

# 吃药同仁堂

老辈子人不大明白什么叫品牌。他们心目中的商业信誉完全凝聚在高悬于店铺门面之上的那块牌匾里。那叫字号，生意人看得比命都金贵。

光绪庚子年，北京城里闹八国联军。当时最繁华的商业街区前门外大栅栏被一把大火烧个精光，三千多家商号的铺面连同祖传的牌匾化为灰烬。唯独路南一家药铺的老匾被一个小伙计拼着性命摘下来，藏在后院的杂货堆里躲过一劫。大火过后，老掌柜含着泪接过小伙计抱在怀里的老匾，那上面三个金字——同仁堂完好无损，落款是康熙八年己酉。重张开业的时候老匾被重新高高挂起，一挂又是半个多世纪。

直到 1966 年，毁在那场浩劫里。

许多老北京至今还依稀记得当年大栅栏街南那处与众不同的下洼门。门上悬"乐家老铺"的横匾。推开店门抬头看，"同仁堂"黑漆老匾就高挂在店堂正中，金色的大字闪烁着沉稳的光泽。左有"琼藻新栽"，右写"灵兰秘授"。一字柜台内的正面是一扇屏风，两侧整齐摆放着几排大瓷药罐子，罐子上醒目地写着各种中成药名称——牛黄清心丸、防风通圣丸、苏合香丸等等，数以百计。高高的饮片柜台后是巨大的药斗柜，一个个小抽屉上整齐地标明饮片名——银花、连翘、生地、甘草……柜前的师傅手持药戥子有条不紊地拉动抽屉忙活着抓药，之后一转身，准确而均匀地分装在柜台上摆好的一排白纸上。大查柜逐味号包核对无误，把印着功能主治的小票放进小包里，包成上尖下方的一个大包，这就是俗话说的"一口印"。店堂里药香四溢，充盈着古朴优雅的气氛；收款台算盘噼啪作响，仿佛传递着来自远古的声音。

同仁堂是京城首屈一指的中药铺。他家的老祖宗乐良才和许多老北京的祖先一样，是永乐年间随着明朝迁都从江南来到京城落户的。他当时只是走街串巷的铃医，手摇串铃行走于京城的胡同街巷之间，凭借着简便、速效的医术养家糊口，生儿育女。几代人下来，乐家不仅变成了老北京，而且成了享誉四九城的名医。

北京自古有一种神奇的魔力。不管您来自天南海北，只要在这儿住久了，就能被这里的规矩和传统所融化，言行间带上京城的做派。老乐家到了曾孙子乐显扬，凭借着祖传医术和自己的悟性当上了朝廷的太医院吏目，结束了几代游方郎中的生涯。那时已是崇祯皇帝吊死煤山之后，朝廷归大清了。

秉性朴诚的乐显扬并没有靠着太医院混入仕途。在他看来，"可以养生，可以济世者，唯医药为最"。家传的手艺才是安身立命之本。乐显扬广读方书，精研医术，他制作的丸、散、膏、丹谨遵炮制之规，必求道地药材，靠着显著的疗效在朝廷内外享有盛誉。康熙八年（1669），阅尽千帆的乐显扬开设了一间药室，请人刻了那块"同仁堂"的牌匾，以彰显自己"公而雅"的心志。到了康熙四十一年（1702），他的三儿子乐凤鸣继承父业，在前门大栅栏路南挑起了同仁堂药铺的字号。

药铺创建伊始，乐凤鸣整整花了五年的工夫编纂成了堪称经典的《乐氏世代祖传丸散膏丹下料配方》，记载了乐家的祖传秘方，收录了宫廷秘方、古方和民间验方等等总计三百六十多个。更可贵的是，书中明确了同仁堂独特的经营理念，"炮制虽繁必不敢省人工，品味虽贵必不敢减物力"。这句话铭刻在每一个同仁堂人的骨子里，支撑着这家老药铺历经多少次天灾人祸和战乱滋扰，在风风雨雨里绵延了三百多个春秋。

有人说，同仁堂的罔替不衰是仰仗了清宫的支持。这话说得有些道理。封建时代京城里的买卖人连个开茶馆的都知道"在街面上混饭吃，人缘儿顶重要"，何况开大药铺的呢？商户要想生意做得安稳踏实怎么能没有朝廷做靠山？同仁堂也确实靠的是供奉御药房发的家。而且，在极度艰难的时候，甚至是皇帝亲自出面挽救同仁堂于水火的。比方说乾隆十八年（1753），同仁堂遭受火灾，当时老铺主病故，小铺主年幼，全部资产还不够还债的。就在乐氏一门孤寡穷途末路之时，乾隆皇帝亲自"垂怜"，不但赏赐了维持生计的钱粮，还命令提督府出示招商接办"同仁堂"的烂摊子。同时规定"同仁堂"这块牌匾不能更换。到了清朝末年乐家第十世的时候，同仁堂的官商特性更是登峰造极。乐平泉不仅广交王侯贵戚和各衙门的官吏，甚至还出钱捐了个二品典封，受赏顶戴花翎，成了和巡抚同级的红顶商人。没有官府的支持，同仁堂难以度过那么多次内外倾轧、子孙不肖和经营不善。

不过话又说回来，同仁堂的药若是没有独到的功效，皇家和官府也不会如此青睐。毕竟药不同于其他商品，药是用来治病救命的。皇亲国戚们更惜命。

同仁堂是以丸、散、膏、丹等中成药著称于世的。至于配方，有些是乐氏家传，但大部分来自于医学典籍、民间验方和清宫太医院。俗话说："千方易得，一效难求。"同仁堂的药之所以与众不同，往往在于计量独特和选料实在。

比如活络丹本是明代古方，但原方配伍主次不明，君臣佐使含糊不清。同仁堂根据中药配伍原则对各味药量做了调整，大幅提高了疗效，成了治疗风湿痹症的良方。更有意思的是白凤丸，它综合了三本医书的三个方剂调配而成，药性平和，不燥不寒，不愧为治疗妇女气血两亏的圣药。

说到选料，那更是同仁堂的杀手锏。同仁堂一贯以拣选上等道地药材闻名，名贵药材如牛黄、犀角等等挑选起来丝毫不苟。即便是很普通的药材，也要做到选料精到，从不坑人。比如大黄，只选最瓷实的进，带泡的一律不能用。就连做蜜丸辅料的蜂蜜也都来自专门的蜜行。这就叫"品味虽贵必不敢减物力"。乐氏祖训认为，所谓古方无效的说法，必是由于"修合未工，品味不正"。而相比之下，其他药铺根本不重视这些细节，甚至琢磨出用糖稀代替蜂蜜的"窍门儿"，为的是能偷偷省俩钱。

同仁堂的制药过程不惜工本。水丸和蜜丸必依古法炮制，蒸、炒、煅、烫、炙、浸、水、飞等等四十多道烦琐工序没有一丁点马虎。所用的细料如牛黄、羚羊角等等必依古法放足分量。而且制成之后还要封好存放一两年才能出售，为的是去净燥气，让药味更纯，这样药效才更好。其间积压的成本，也就由药店承担了。这就叫"炮制虽繁必不敢省人工"。上世纪50年代，药库里清理出一批清朝末年生产的苏合香丸和再造丸，打开蜡壳以后依然药香浓郁，色泽如初。同仁堂的子孙就是凭着这份踏实和耐性一代代经营着这家老字号，不坑人，不害人。

讲起经营，同仁堂在迎合了皇家和官府需求的同时，也从没忘了平民百姓。每到会试之期向各地进京备考的举子赠送应季成药是传承了两百年的老规矩。这不但在全国扬了善名，还为日后培养了一大批高端消费者。对于穷人，每年夏天备预防中暑的小药那是惯例。不仅如此，当年北京城每年要清理一次城沟，也是同仁堂出资在各个城门开沟的地方挂上一排明亮的"沟灯"，为的是让走夜路的百姓不至于摔着碰着。当然，那高高挂起的大灯笼上少不了"同仁堂"三个大字。

就这样，京城上上下下的男女老少没有不知道同仁堂的，老药铺成了北京的一部分，相声里有《同仁堂》，童谣里也有同仁堂。与其说同仁堂经营的是药品，倒不如说同仁堂经营的是一种"养生"的文化，一种"济世"的气脉。这气脉从遥远的古代一直流贯至今，虽历尽坎坷却从未中断。

给顾客配一分钱药的故事不是发生在古代，而是发生在上个世纪 80 年代。一位顾客要买四克天仙藤，在当时这四克药只值四厘钱，老店员前前后后跑了好几趟给包好了十克，说明用法后只收了顾客一分钱。

老字号上那瓷瓷实实的金字，正是靠着这无数次似乎是不经意间做成的一分钱生意捶打出来的。

# 书香琉璃厂

　　很多人觉得中国书店是家百十来年的老字号。不仅是因为这名号淳雅，更因为一走进中国书店就仿佛穿越时空回到古代，整个人也一下子舒缓下来，不由得慢条斯理地翻弄起木头书架上那些夹着纸签的蓝布函套，享受着带着吟味儿的书卷气。

　　可若论真了说，中国书店的历史并不太久，正式挂牌不过是上个世纪 50 年代的事情。然而，它又的确与老北京的古旧书行一脉相承，并把这一行当独有的经营文化像化石一样保存下来。因为，中国书店实际上正是老北京几乎所有古旧书铺公私合营的产物。

历史上京城里并没有综合性的大书店，有的只是两三间门脸的小书铺，而且数量也不太多，算上书摊全市也就百十来家。能雇上两三个伙计的书肆算是大户，更多的是根本没有伙计的连家铺子——前面一间房摆上两架子旧书，再摆上一桌二椅供顾客歇脚。一掀门帘子，后面就是他们家了。

　　别看数量少、店面小，可整个古旧书业在京城的生意场上那可是数得着的行当。一来是因为这些书铺都扎堆在京城最繁华的商业区，像东安市场呀、隆福寺呀、西单呀，特别是城南的琉璃厂一带。更重要的是，小书铺的主顾常常是社会上的大人物，要么是有头有脸的文化名流，要么是宦游回归的显贵达官。这一特色已然传承了几百年。

　　京城书香源有种。这里的古旧书业早在明代就已经相当发达了。三年一次的会试把上万名赶考的举子集中到京城，再加上翰林院、国子监、四译馆等机构里那些弄学问的文官，带动着皇城子民们从来就以知书达理为荣。士大夫们自然是离不了经史子集，黎民百姓也有自己喜欢的唱本词话。首善之区因为弥漫着书香而有了高贵的灵魂，也让这里的人或多或少都带着那么点儿文化优越感。

　　明代的书肆原本都在内城。到了清代实行旗民分城而居，内城住的是尚武爱玩儿的八旗子弟，舞文弄墨的汉族文人大多住在宣南，而且，专门接待各地官员和举子的会馆也在这附近。渐渐地，琉璃厂一带形成了京城最大的文化市场，字画店、南纸店、刻字铺、古玩行等等一应俱全，其中数量最多的就要数一家家大大小小的书肆。

到了乾隆盛世，朝廷设立"四库馆"，编修卷帙浩繁的《四库全书》。纪晓岚等编纂人员往往是下班之后直奔琉璃厂仔仔细细地淘书，搜罗校阅文献需要考据的典籍善本。从此，那一间间不大的书铺不经意间演变成了京城文人学士的宝地。而逛旧书铺，淘善本书，也成了这个人群特有的生活方式。

对于读书人来讲，在琉璃厂逛书铺是一桩充满情调的雅事。一间间书铺这家走走那家串串，一天下来绝不会觉得烦。因为这几十家店的藏书风格不尽相同，有的偏重音韵、训诂；有的专收金石拓片；还有的是从外省购进的珂罗版典籍。若是逛累了可以坐下来喝口茶，说不定能正巧碰上哪位知名学者聊聊。掌柜的见几位聊高兴了，会不失时机地呈上笔墨纸砚，这一幅墨宝就算留下了。

有意思的是，后来改造成中国书店之后，那一间间小书铺子的格局曾经被打通串联起来，形成了一个堪称全国最长的书店，从南端的海王村沿着南新华街路东向北延伸，足有公交车一站地远。那条摆满了各种古籍的长廊曾经令多少人流连忘返！直到上个世纪末，一有闲工夫就徜徉于此享受书香雅韵依然是北京读书人所迷恋的乐事。他们可以在这足足淘上一整天书。若是邂逅了一本自己青睐的好书却没带够钱，他们会把那书卷偷偷藏在书柜的某个角落里。过上几天，再特意带了钱过来买。而那书卷，依然静静地等候在那里，等待主人把它带回家。

淘书并不是简单地买书。淘书的乐趣在于像淘米一样以平和舒缓的心态从浩如烟海的旧书黄卷堆里遴选出自己得意的珍品，甚至只是那几片发黄的残页。淘书者有时是众里寻他千百度的苦寻，可有时又是并无直接目标的邂逅。或欣慰，或惊艳，或惋惜，或怅然……千般情感就产生于手指与微黄的纸张轻轻碰触之间。对于爱书者而言，淘书的过程是一种莫大的精神享受，其间所体味到的那种不期而遇的喜悦简直让人上瘾。而提供了这种独特享受的古旧书店自然也就成了文化人永远的精神憩园。

早先大多数书铺门脸不大，说不上华贵，但也不算寒磁；缺少奢华的摆设，然而却透着旧皇城的老气派。未进门时，您抬头就先看到古朴的牌匾——或叫某某阁，如来薰阁、青藜阁、松筠阁；或称某某斋，如邃雅斋、萃文斋、鼎古斋；或题某某堂，如带草堂、文澜堂、文奎堂……这些名号不仅起得雅韵悠扬，而且不乏名家手笔，兴许一家不起眼的小书棚就能挂着翁同龢或梁启超的真迹。店家这么做当然有炫耀的意味，不过也恰恰说明了这个行当和文化名流非同寻常的亲近关系。

撩开大竹门帘，推开那两扇有些褪色的朱漆木门进到店里，顿时感受到一股温良淳厚的氛围。就像透过老式窗棂上的玻璃洒在条案上的那缕慵懒的阳光，并不耀眼，却让人感觉到最古老的韵律。店里无论是掌柜的还是伙计，对顾客永远那么恭敬和谦卑，永远微微弓着身子用极柔润的语调轻声和顾客打着招呼："李先生来啦！这套《乐府诗集》替您收着呢。您先留着看？""呦！王老师！这套嘉靖刻本可是从王府里流出的。我匀给您？"尽管他们做的是买卖，但他们特意回避说出"买、卖"两个字。他们非常了解自己的顾客。在读书人心里，书是文雅而高尚的。为读书人服务的书铺所经营的当然也不是简单的商品，而是厚实的文化积淀和独特的人文情调。这路买卖的独到之处表面上是对作为衣食父母的读书人的尊重，骨子里却是对学问由衷的敬仰。

书铺的伙计真正做到了"知书达理"。他们虽未必有太深的学问，但顾客来个一两趟就知道您是研究哪路学问的，可能需要哪些版本的书籍。等到您再来的时候，他已经把您喜欢的书和想找的书全都预备好了，有时甚至比您想得还全。他们背熟了张之洞的《书目答问》，再加上十几年在书堆里的历练，对于各种版本乃至行款特征已经了然于心。读书人对这么用心的伙计自然也多了几分敬重，所以并不喊他们做伙计或店员，而是亲切地称为"书友"。

书友与文人之间因书而结缘，最终发展成为几十年交情的故事比比皆是。这也就让古旧书行一直延续着送书上门的传统。当他们搜罗到一套某位学者感兴趣的善本时，会赶紧用包袱皮一裹送到人家府上："这套先放您这儿，您留着看。要是不喜欢您言语，赶明儿我再取回去。"可谁又忍心让殷勤周到的书友大老远白跑一趟呢？买卖就这么做成了。这种满含人情味儿的传统一直保持到上世纪八九十年代的中国书店。那时几位老师傅还依然会蹬着自行车从琉璃厂跑到西郊的北大、清华去送书，然后带着书单回来为他的教授老朋友四处寻书。其实，也没谁要求师傅们这么干，只不过是这几十年来"为书找人，为人找书"已然成了他们的生活习惯。

说到找书，那可是件有意思的事。等着送货上门的坐收要算是最基本的方式。看似简单，也还就真的等来过明版古书。走街串巷是这一行的传统，直到中国书店时期，收购员能一年两百多天在各地搜罗淘换散失于民间的古籍。从废品收购站，从农家的灶膛前，甚至从造纸厂的化浆池边抢救下珍贵版本的例子不在少数。他们无意中成了古老文化的守护神。

时光流转，一些传统的找书方式已经不存在了，就比如入大户。清末民初，很多丢了铁杆庄稼的旗人败了家，于是纷纷变卖家产。变卖家产也是有顺序的，最先卖的通常是藏书，然后才是字画、古玩，之后没的卖了才会卖房产。还有的人家老人原本是喜欢书的，老人过世，那些不成器的子孙赶紧忙着分家。对于纨绔子弟来说，最没用的当然是书，不如把它变成钱分了。这些人家几辈子藏的书经常能有一屋子，甚至一座藏书楼。古旧书铺怎么能错过这样的好机会？于是赶紧上门入户，以很便宜的价格整车拉回来。然后再认真遴选，里头还真藏着名人题跋、批校或抄录前人批校的印、抄本。

再比如老北京有摆摊儿贩卖各种旧货的鬼市，什么古玩字画、文房四宝、古旧书籍应有尽有。当然，鱼龙混杂，真假难辨。能不能得着真东西赌的是个眼力。书铺的人也经常天还没亮就去赶南晓市，从"打鼓儿的"当破烂收来的旧书中精心淘宝。他们不会打眼，因为他们见得太多了，哪本书多少函，多少册，每页多少行多少字，刊刻特点及版本源流都能烂熟于心。真正的好货色是逃不过他们眼睛的。不错，作为商人他们练就这身功夫为的是赚钱，可他们却不自觉地担当起了京城文化的守护神。

而今，爱好古旧书的人尽管没那么多了，但那一缕悠远的书香依然萦绕着离高楼大厦咫尺之遥的琉璃厂。在那儿，有一群中国书店的老师傅依然传承着我们民族智慧古老的牌记，默默地守望着那块读书人心目中神圣的乐土。

# 满城茉莉香

茶庄和茶馆不是一回事。

茶馆是可以坐下来喝茶的场所，其主要意义并不在茶，而在于几个人可以聚在一起聊天消遣。茶庄是专卖茶叶的商铺，顾客买回去或是自己享用或是送礼，完全是奔着茶叶来的。

北京人管茶庄又叫茶叶铺，也属于"五味神"之一。行人路过茶庄门口就能闻见芬芳扑鼻，不由得提起精神来。没有茶庄的街道不能称其为闹市，因为无论贫富尊卑，居家过日子谁也离不开和"柴米油盐酱醋"同等重要的"茶"。过去生煤球炉子的时候，家家户户都有个铁皮或黄铜做的水舀儿，两尺来长，一拳头粗，早晨起来倒进凉水往炉眼儿里一插，没一会儿就开了。打开提梁壶沏上茶卤闷着，喝的时候随兑随喝，一喝就是半天儿。有的孩子还没放下奶瓶子，就已经会喝茶了。

有钱的主儿进得茶庄挑选昂贵的雀舌、旗枪，走街串巷的小贩和拉车的车夫就站在门口吆喝一声："给来包高末儿，嘿！"等着伙计把那锥子把儿似的小纸包儿送出来，立马交钱走人。为什么不能进去呢？怕把车或货挑子放下回头再丢了不是？所以这种小茶叶包儿有个别名，叫作"门包儿"。里面包着两钱茶叶，正好沏上一壶。

别瞧这份生意小，可各家茶庄没有不重视的。澡堂子、戏园子、旅店、饭铺、杂货铺，所卖的茶叶全是门包儿。就连公园里那些茶座用的也是这个。鼓鼓的小白纸口袋上盖着嫣红的印记，是一种特有的广告宣传。谁家的饱满，谁家的香高，不用说全明白了。当然了，小纸包里包的并不全是沏到壶里满天星的高末儿，更多的是北京人爱喝的小叶茉莉双熏。沏出来味浓色正，喝起来香郁杀口。甭管是茶座儿还是戏园子，瓷壶沏上热茶端上来，那锥子似的小口袋往壶嘴上一插，透着那么干净。

包茶叶是茶庄伙计学徒的基本功。茶叶纸分内外两层，外层白纸上木刻水印着茶庄的字号，透着古雅。粉红的衬里精薄绵软，既衬托出茶的润泽，又不伤了芽叶的形状。伙计们挥动长刀把整沓的大纸娴熟地裁切出标准的尺寸，可以正好包出一斤、半斤的卷包，也可以包出二两、一两的抄手包。无论大小，掉在地上不能散开才算合格。早先卖茶以一斤十六两计，若是门包儿，就是一两五包，一斤茶正好包出八十个。可想而知，包这包儿的小方纸要裁得多么精准！包出的小包儿不仅要求一般大小，还得漂亮整齐。每十包要打在一个中等包里，为的是让顾客用着方便。最后外面再包一个见棱见角的大包，捆好纸绳，才算齐活。这活儿干起来费时费神，却是小徒弟磨砺心性必过的一关。过了这关，心才能静下来，才能干得了茶行儿。

老北京五行八作的地域性很强。开饭庄的以山东人居多，钱庄掌柜多半是山西人，这开茶庄的不是安徽就是福建来的。像现在比较有名的张一元、吴裕泰，当初都是安徽歙县人开的。现知最早的森泰茶庄，同样是咸丰年间安徽歙县人王子树创建的。

很多老主顾至今还记得当初前门外珠市口南路东那家老

森泰茶庄的二层小楼，雕梁画栋，绚丽秀雅，清末翰林张海若题写的大匾高悬在门楣上。店堂正中，雪白的墙壁上挂着张大千精妙沉雄的《猛虎图》。猛虎前面是一张宽阔的木质柜台，一寸多厚的硬木台面早就被伙计们包茶包儿的手磨得光滑油亮。柜台后面永远站着干净利落的伙计，相貌端正，留着寸头，穿着长衫。他们会按客人的吩咐回身拉开靠墙那排盛放着七八斤茶叶的大木抽屉，一手端着戥秤，一手掀开覆在茶叶上的小棉被。那雪白的小棉被正好和抽屉的尺寸相当，严丝合缝盖好茶叶为的是防止跑味儿，盛出茶叶后要迅速盖好，推上抽屉。

茶叶是金贵东西。称量茶叶和称量药材差不多，需要用戥秤分斤掰两，甚至精确到钱。装好茶叶后戥秤要提到与眉毛同样的高度，买卖双方看准分量，心明眼亮。之后整齐地铺开两层包装纸，下白上粉，麻利地分茶、打包、压上茶单，再变戏法似的滴溜溜一转拴上纸绳，一个方正结实的大包转眼打好，双手捧着恭敬地递过来："您拿好，下次再来。"动作流畅，带着特有的韵律；话语舒服，也透着沁人心脾。

森泰的茶品种齐全，有真讲究人喝的龙井、屯绿、祁红，有最受大众欢迎的小叶双熏，也有穷讲究人喝的花三角。花三角也是碎末儿，但和茶芯儿不同，花三角是花茶加工时筛分出来的细碎小片，呈不规则的三角形，而且多为老茶，看起来多，喝起来涩，泡上两回就没味儿了。好面子的北京人给起了这么个好名字，全当是自我安慰。有意思的是，这种茶真的曾经卖三毛钱一斤。

除了这些，森泰还有自己的看家茶，那就是产于黄山北峰的"大方"。黄山的北峰山高雾重，出产的茶叶香气浓郁，原味绵长。扁片状的"大方"看上去有些像龙井，却是用茉莉反复熏制六七次再精心拼配出的花茶，一百斤原茶要耗费掉四十来斤鲜茉莉花。曾有无数茶痴为之倾倒，当年的金少山、李多奎等等名伶就专好这口儿。可惜现在这个品种已经见不到了。

福建人开的茶庄里比较有名的是庆林春。民国十年，福建人林子训在前门外廊坊头条的劝业场开了第一家茶庄，靠花心思、下功夫再加上薄利多销，生意做得相当不错，紧接着又在王府井东安市场和前门五牌楼迤南路东开了两家。三家店都挂庆林春的字号。这三个地方都是当时最繁华的闹市，游人如织，买卖好做，不过竞争也更加激烈，要想站得住脚还得有自己的看家本事。

北京人爱喝茉莉花茶，而且口味很刁。茶庄为了适应顾客的口味，常常要用几个地方的茶往一起拼配。比如，福建的茶香，安徽的色重，浙江的茶形漂亮，按照一定比例拼配到一起，就是一种很好的茉莉花茶。庆林春的镇店之宝是福建原产的小叶茉莉花茶，而且根据北京人的口味采用了独特的工艺。

小叶种茶生长在福建的高山上，叶子小而厚，属最古老的茶种之一，又称"高山云雾茶"或"土茶"。加工出的茶叶条形纤细，沏出来的茶汤黄亮清澈，入口芳香，回味甘甜，而且特别耐泡。庆林春的花茶精选明前一芽一叶的小叶茶青，经过杀青、揉捻、烘干、筛拣、整形，之后用伏天采摘的茉莉花蕾在特定的时间窨制七次，再提花一次才算完成。整套下来要十几道工序，运到北京还要再熏制、拼配，让门市的货色既发挥出福建花茶的特长，又迎合了京城的口味。

当年林子训为生意可是没少花心程。庆林春为了让顾客觉得亲切，不但伙计、学徒大多用北京人，而且拼配茶叶的技师也是北京人，就连"了事掌柜"也请了位北京人。更有意思的是茶叶定价，他会专门派人到附近的茶庄买回茶叶和自家的比较，然后总让同等质量的茶叶比别人卖得便宜。即使是"门包儿"也比别人家给的分量多。一时间，庆林春享誉京城。人们走亲戚看朋友也都以送上两包芳香独具的庆林春茉莉花茶为荣。

庆林春发达了，前门大街路东的店铺也盖起了坚固的二层洋楼，楼顶宽阔的平台四周是一圈大理石廊柱。新茶下来时，这里的顾客络绎不绝，甚至排起了长队。这个习惯一传就是几十年，即使是在统购统销的时代，大家依然举着工业券排大队买回喜欢的小叶花茶。那时候，红火的庆林春就没发愁过买卖。

劝业场和王府井的庆林春早就不存在了。前门外最繁华地段的庆林春 2005 年大街改造时停业了一年多。2007 年迁到了崇文门西，一年后又迁回前门大街重张开业。在这里依然弥散着幽远的芬芳，依然能买到北京人喜欢的茉莉小叶。

老森泰在珠市口坚守了一百五十多年。"文革"期间砸了老匾，丢了名画，改过店名。改革开放之后翻修重建恢复了老字号。一百多年里，森泰带着优雅温润的气质一直伫立在那里接待着过往的老茶客，从收银子到用工业券……直到

2001 年，两广路改造后迁到了前门南大街路西。没过几年，又消失在前门大街改造的工程里。直到今天，人们再也没有见到那家化石一样的老茶庄。

或许有一天，老森泰还能异地重张吧？那芳香深处的古雅醇厚，不知能不能回来。

# 王府井，两头俏

　　王府井的繁荣得益于发生在 20 世纪初的两件事。两件事前后脚，而且一北一南把住王府井大街的两头，让这条紧挨着皇城的幽静老街一下子热闹非凡，迅速变成京城里最具诱惑力的繁华闹市。南面那件是在王府井南东交民巷附近设立了占地千余亩的使馆区。北面那件则是在王府井北口路东侧形成了东安市场。

　　清朝的时候，北京的内城里原本是不许外国人随便走动的。可到了庚子年，无奈八国联军的铁骑踏碎了天朝的虚荣心，东交民巷使馆区一带反倒成了不许中国人进入的"国中之国"。原来住在那里的住户从王爷到平民一律被轰了出来，

146

连衙署都拆了盖起了洋行。使馆区的周围还建起了驻扎洋兵的兵营。形形色色的洋人则可以大摇大摆穿行于京城的大街小巷了。

也就是那时候，有两个法国人在使馆区的兵营外开了家不大的酒馆，卖起了葡萄酒和西餐。大概是生意不错，没过多久就在兵营路北买了个四合院，除了餐饮还提供客房，起了个名字叫"北京饭店"。一年之后，饭店转给了一个意大利人，搬到王府井南口的一座红砖楼里，这就是现在北京饭店的前身了。再后来，中法实业银行成了饭店股东，盖起来当时北京城里最高的西式洋楼，装上了暖气、冷热水和卫生设施。在相当长的时间里，这里成了京城最奢华的酒店和娱乐中心，接待过众多社会名流，举办过太多次盛大的舞会和晚宴。有一架曾经令无数顾客如醉如痴的蓓森朵芙钢琴在这里鸣响了将近一个世纪，现在依然陈列在 20 世纪 70 年代建成的北京饭店东楼大厅里。伫立于长安街上的北京饭店东楼也成了王府井大街南口的标志。

使馆区的洋人、时髦的北京饭店给一墙之隔的王府井带来了不少洋气。陆陆续续，不少外国洋行也把店铺开了进来。有专营钟表、宝石的利威洋行，有经营机械设备和化学药品的西门子洋行，还有著名的美孚洋行……清王朝垮台之后，曾经住在这条街上的王爷甚至把祖传的家产也卖给了洋人。1916年，豫亲王府归了美国石油大王洛克菲勒，建起了协和医学院和协和医院。也就是这一年，王府井南口戳起来一块扎眼的路牌——这里改名叫莫理循大街了。因为这个叫莫理循的洋人为袁世凯称帝立下了汗马功劳。

不过，京城的老百姓可叫不惯这个绕口的名字。在他们嘴里，这里一直就叫王府井。协和医院对他们来说只意味着多了几个穿着新奇的洋大夫，那些洋行似乎也和他们关系不大，而北京饭店就更显得遥远了。对于他们来说，所谓王府井更多的是意味着逛北面的东安市场。

《辛丑条约》签订后，慈禧回銮，实行了几项粉饰太平的所谓的"新政"。这其中之一就是把王府井北头一片早已荒废的八旗兵练兵场打开，让东安门外街道两旁的小商贩迁进去摆摊做买卖，以显示朝廷重视商政。高墙环绕、铁门紧锁的练兵场改造成了大市场。反正大清也不打算练兵了。东安市场就这么诞生了。

经过了最初争抢地盘的混乱和妥协调整，市场里商铺的经营很快规范起来。从北门往南建起了一条正街，两边是格局相似的铺面房，主要经营百货、布匹和各色食品。东面一条街上有杂耍场子，还有供顾客休息的小吃摊位。靠近王府井大街的西街则是卖古玩和旧货的领地。东西走向有头道街、二道街和三道街，刻字、理发、镶牙等等摊位散落其间。整个市场有四座大门，每天从早到晚迎接着八方客人。

早先，北京人买东西都习惯赶庙会。庙会不是天天有，所以要"赶"，而且地点也分散在相对偏远的寺庙附近。忽然间在皇城根儿底下开了一个全天候的大集市，而且是从日杂用品、京广百货到古玩旧书、小吃杂耍样样齐全，那还真是一件得人心的大事。很快，四九城的居民就被这个集吃喝玩乐于一体的大卖场吸引过来。于是，北京生活里多了一项重要的内容叫"逛市场"。

所谓"逛"就不是直眉瞪眼地去买东西，而是有一种休闲娱乐的情调在里头，同时又暗含着些邂逅某种惊喜的期盼。东安市场是个雅俗共赏的好去处，可以让各个阶层的人都逛出兴致。有钱人可以到亚美丽首饰店定制新颖别致的首饰，甚至可以根据自己的喜好单独开钢模。没钱的可以来买针头线脑甚至瓜种子。这里既有老式的绸布店像华兴蔚，也有可以定做西装的服装店如文信成。东升玉百货店里既可以

149

买到巴黎产的香水、瑞士造的手表，也可以为顾客定做毛衣和蚊帐。美华利鞋店并不是仅卖绣花鞋，而是因为从布鞋、皮鞋、缎子鞋到冬天穿的老头乐样样齐全而得的美名。这里的伙计专门研究什么衣裳配什么鞋"秀气"，什么身材穿什么鞋"精神"。凡有顾客进门，必是先让座后放下垫毯，再用布掸子轻轻掸过样鞋上的浮尘，解开鞋带递给您试穿，有时还要蹲下来帮您测试是否合脚……东安市场里的店铺并不显得特别奢华，但朴素里却透着一股让人踏实的稳重气。

玩儿的地方这里也是少不了的。时髦人士可以到球社去打台球和乒乓球，在那里可以碰到附近美术专科学校徐悲鸿的学生们和协和医院的大夫。周围胡同里的孩子们则有专门看变戏法和拉洋片的场子。《东京梦华录》里说的"集四海之珍奇皆归市易"在这里变成了现实。

逛累了，也玩儿够了，您可以随时坐下来吃点什么。从东来顺里"呱啦呱啦"开着的涮锅子到小小酒家带鳞吃的清蒸时鱼；从五芳斋薄皮透亮的蟹黄汤包、鲜美的过桥面到吉士林嘶嘶作响的铁扒杂拌和香甜甘美的奶油栗子粉……东安市场里几乎聚齐了天南海北的美味，真称得上是"会万区之异味，悉在庖厨"。特别值得一提的是春华斋的蜜饯，那是把小枣、金橘、红果、海棠、桃干等等果品用糖浆煮透了带着汤汁分别盛在粉彩大瓷碗里，用玻璃罩盖了整齐码放在架阁上，在锃光瓦亮的灯光照耀下艳丽夺目，勾引得每一个经过的人都免不了垂涎欲滴。这叫作八大碗，是属于东安市场独有的蜜饯"门派"。夏天，春华斋的伙计会用冰盏打出清脆的节奏招揽顾客进门吃上一碗用莲子、菱角、脆藕和鸡头米做出的冰镇河鲜；冬天，这里有二十多种糖葫芦供顾客挑选……很多人对东安市场的记忆正是和这些蜜饯、时鲜和一串串漂亮的糖葫芦联系在一起的。

好乐呵的北京人喜欢锦上添花。市场开业没两三年，在北门里竟开了城里第一家戏园子。练兵场都改成市场了，内城里不许有戏园子的大清祖制也就去他的了。只是还不敢就叫作戏园子，而是起了个雅号叫"吉祥茶园"，反正是不出城就能听上戏了。戏迷们并不在意叫什么，索性就把这叫作"吉祥"。"吉祥"，听着就喜庆。到"吉祥"，当然是奔着戏来的。

最初的吉祥不卖戏票，客人落座后茶房过来沏茶倒水，开了戏以后收茶钱。聊天的、卖零食的、飞手巾板儿的那叫一乱。直到1920年东安市场着了一把大火之后，吉祥茶园才盖起了能容纳八百人的二层楼，成了一座真正的剧院。开始是逛东安市场的顾客捧红了吉祥，可后来吉祥也带火了东安市场。很多人是奔着戏台上的名角来的，可听完戏之后，自然要在市场里吃喝，也自然捎带着逛一逛市场了。

吉祥是东安市场的一部分，更是北京文化生活的一部分。在这里，梅兰芳首演了《黛玉葬花》和《嫦娥奔月》；在这里，谭鑫培、杨小楼、马连良、侯喜瑞等大师曾轮番献艺；也是在这里，1938年抗日力量曾刺杀大汉奸缪斌未遂，却牵连了正在唱《玉堂春》的新艳秋，而这一情节又被老舍先生当作素材写进了小说《四世同堂》里。吉祥的皮黄之声影响了北京人将近一百年。直到1993年建新东安市场时，这个老北京的文化坐标永远消失了。

东安市场不光有热闹的戏园子，还有雅气的书铺。从西门进去不多远，就是一条专门经营旧书的长廊。书整齐地码放在那里，读者可以随意翻阅。和琉璃厂有所不同，东安市场的旧书不仅有古旧线装版，还有铅印的洋版。更独特的是，这里有很多使馆区流出来的外文书和旧杂志，英文、法文、德文、俄文样样俱全。很多新派学者和大学教授就是在这里淘到了自己梦寐以求的作品。那别样的书香给嘈杂的市场提升了品位，也平添了几分悠然。店主们也许从没想过，正是他们无形中缔造的这个京城里最大的外文书集散地给古老的京城带来了许多新思想。

老北京说东安市场就是一个迷人的"万宝全"。那里是迷宫，能让头一次来的人走迷了路，而老主顾们则会迷醉在似曾相识的独特香气里。老东安市场的近千家错落有致的商铺各具性格，电灯、汽灯交相辉映，和终日里川流不息的顾客共同构成了一个北京社会的缩影。

成立于晚清的老东安从来不让人感到奢侈与花俏。它就那么本色地伫立在那里，眼见着王府井大街上的店铺一茬换了一茬，从低矮铺面房到林立的高楼；顾客们一批换了一批，从穿长袍马褂到西装革履、中山装……东安市场像一棵不老松，朴素中透着务实，带着古都特有的雍容气韵，却从来都是摩肩接踵，从来也不曾萧条过。

1956 年公私合营以后，东安市场进行了调整改建，甚至名字也一度改成"东风市场"。独立经营的店铺没有了，代之以集中的收银台。缺少了店铺的个性和特色，却还没完全褪去传承下来的那股子令人亲近的人情味儿。在高高收银台上的是密密麻麻的用钢线拉成的空中滑索，井然有序地通向各个柜台。柜台里的售货员会把收到的钱和布票用小票整齐地卷起来，用挂在滑索上的铁夹子夹好后，"嗖"的一声飞传过去等待算账。柜台前簇拥着的排队的顾客也就不用跑来跑去，只要等在那里就好。不一会儿，找零和小票一起从收银台飞传回来，再由售货员递到顾客手里。这里的商品种类依然繁杂，百货、餐饮依然并举，吉祥剧院里也依然唱着戏。尽管冰碗儿和西餐已然不在，但北门小吃部里喷香的奶油炸糕和清凉的杏仁豆腐还是让很多人回味不尽……东风市场依旧是很多人心目中的丰腴圣地。

现在建起来的新东安真是透着一个新，新到了与其他大商厦没有什么两样，新到了难见一丝旧时的光影，也找不到一点儿属于自己的韵味和东安市场独特的凡俗气。就像一个老北京人站在王府井大街上，却一时闹不清自己究竟是在哪儿。

# 永不落幕的《龙须沟》

出天坛公园北门，沿着厚重的深灰色大墙往西走不远，抬头就能瞧见马路对过儿有一大片尖顶楼，粉墙黛瓦，亮丽齐整，看着就让人觉得心里舒坦。您要是能走进这片社区可就更开眼了，但见宽广的小广场周围绿柳成荫，藤掩凉亭，中央的花石圆坛上镶着曲水流觞的图案，圆坛周围环绕一池碧水，几尾金鱼正在池中悠然地穿过绿苇，池对岸的大清石前伫立着一个手捧琉璃鱼缸的小妞子，头上梳一对羊角辫，站在那儿凝望远方，像是被这漂亮的景致惊着了，又像是在期盼着什么。

您若以为这里是什么高档富人区那就可惜了。这地界儿曾经是北京有名的贫民窟"龙须沟",小妞子的真身就是在七十多年前的一场暴雨里永远消逝在那条万恶的臭沟下面的。如今您看到的是老街坊们为她塑的铜像。当初,她期盼着过上好日子——街上没有臭沟,下雨的时候屋里不漏水,鱼缸里有两条小金鱼儿陪着她玩儿,要是能住进四白落地的大瓦房那就太美了。至于不出屋门就能用上自来水、就能上茅房的小洋楼,她是绝想不到的。现如今,这一切就在她眼前,而她,竟然穿越了七十多年的时光化作雕像和当初的玩伴们一起眼见着这里翻天覆地的变化,眼见着这里换了人间,眼见着这里成为北京的模范社区——金鱼池社区,她怎能不惊叹呢!

照理说金鱼池这地界儿可不能算偏僻,现在更甭说了,这里是寸土寸金的城芯儿,即便是在几百年前,这也算是外七门以里。更何况,往西北走上十几分钟就到繁华的前门大街了。至于那条听起来很美的龙须沟,早先或许真的很美。明代永乐皇帝迁都北京,按照《周礼》的规制在南城兴建天坛、山川坛,坛根儿后面就挖出了这么一条排水沟,那时候叫作"郊坛后河"。这条小河源自虎坊桥一带辽金莲花池水系的故道,小河上面特意在跨越中轴线的地方建起了一座三

156

梁四栏的汉白玉石拱桥，那就是赫赫有名的天桥，它可是天子祭天时候的必经之路。之后，河水向东流经一片窑坑积水形成的池塘水泊，再跟由北面来的三里河交汇，川流过红桥后掉头奔南，注入城外的护城河，最终一直汇入北京经济文化的命脉京杭大运河。

那时候的郊坛后河应当是一条清澈的活水河，想必是杨柳依依、金鱼戏水，要不怎么叫作金鱼池呢？到了清代，郊坛后河索性改名成了龙须沟，似乎更配得起真龙天子祭大所经之水的特殊身份。依照当地老百姓的说法，横跨在中轴线之上的那座精巧汉白玉天桥就是高贵的龙鼻子，桥翅两侧早先还有两座石碑、亭子，那是龙犄角，桥的东西两边原本还有两座莲花池，那是龙眼睛，池塘周围种着垂杨柳，那是龙眼睛的睫毛，从天桥桥洞底下往东往西分出来的两条水流，活脱就是两根灵动的龙须子……据史料记载，直到光绪早年间龙须沟里的水还是清亮的，只不过河上老旧的石拱桥改成了一座低矮的石板桥。到了宣统年间，也就是在京杭大运河停运断航那会儿吧，金鱼池以北三里河的水彻底干枯，龙须沟河道淤积，渐渐由清变浊，由污变臭，就这么着成了一条死水臭沟。

之后的几十年，这条没人管的臭沟让周围的住家户糟透了罪。沟沿儿附近几件硝皮作坊和染坊排出的废水，掺和着焦渣堆、煤渣堆滑下来的废渣一起排到水沟里，加上多少年没人清理的粪便、垃圾，让整条沟都充斥着恶臭的稠泥汤子。死狗、死猫、死耗子和破布、烂菜帮子搅和在一起腐烂发霉，长出红毛、绿毛，偶尔还有死孩子漂浮着，离老远就熏得人恶心作呕，脑瓜仁儿疼。两旁臭沟沿儿上密密匝匝生活着的全是卖力气的、耍手艺的和做小买卖的穷苦百姓，住的是用碎砖、炕席和着烂泥对付着砌起来的小破房子，都是你家墙挨着我家墙，然后接出个顶棚的"勾连搭"。憋屈不说，一旦着火可就是"火烧连营"了。要是赶上大雨，不但街道变成了烂泥塘，臭沟里的脏水也漫出槽来，带着粪沫和大尾巴蛆涌进沟沿儿上比街道还低的院子，淹进屋里，浸泡了一切家具摆设。穷苦的人们就仿佛其中一个个凄惨蠕动着的可怜虫，挣扎在这样的环境中，终日、终年、终生，随时都有被吞没的危险。小妞子正是生活在那个沟臭、水臭、地臭、人臭的黑暗年代，淹死在黎明前雷电交加、狂风暴雨下的臭沟里。

天亮了，解放了，共产党进了北京城。

开国大典的礼炮声余音未落，新中国的首都百废待兴。谁也没料到，人民政府市政建设的头一件事不是去修王府井、西单那样繁华的商业街，而是一杆红旗插在了龙须沟西头，要率先整治北京南城贫民窟里这条有名的臭水沟，改善最底层劳苦大众的居住环境和生活条件，这真是一桩大快人心的事！

1950年4月，龙须沟清淤工程启动。工程队的工人、派出所的警察、来支援的解放军战士一起动手，没白天没黑夜地刨起了臭沟，用铁锹挖，用土盆端，用小车推，个顶个一腿脏泥、一身臭汗，但大伙儿精神抖擞、干劲儿十足。热火朝天的劳动场面感染了臭沟沿儿上住着的街坊邻居，他们亲眼瞧见共产党是怎么样实实在在地为他们这些穷苦百姓谋幸福的。

被这天翻地覆的热烈气氛感染的，还有刚刚从海外归来的老舍先生。当他得知龙须沟改造这一利民工程后，出于作家特有的敏锐，立刻意识到这是一个绝佳的创作素材。于是，他查阅了有关资料，亲临工地现场体验观察，了解臭沟沿儿上住着的那些勤苦安分的老百姓，和他们聊天拉家常。很快，老舍先生就写出了三幕话剧《龙须沟》的初稿。

几经周折，剧本到了时任北京师范大学文学院院长焦菊隐先生手里，他曾经创办了中华戏曲专科学校，同时也是第一位把莎士比亚名著《哈姆雷特》搬上中国舞台的著名导演，他定然能够和老舍先生碰撞出艺术的火花。仔细阅读过剧本后，焦先生发生了这样的感叹："《龙须沟》仿佛是一座嶙峋的粗线条的山，粗枝大叶地去看，没生活经验地去看，外表是一无所有的。然而这里边可全是金矿。"于是，一方面他一字一句地推敲剧本，和老舍先生商量后进行了大幅度的改编，调动场次先后，丰富了台词，增强了效果，使其更适合舞台演出；另一方面，他特别强调演员要有真实的内心感受，他亲自率领大家到龙须沟工地上体验生活，琢磨人物，让演出更能表现出土生土长的南城韵味。他批改演员日记，反复给演员说戏，排练的过程中他不放过每一个细节，要求哪怕是打铁的背景音也要打出形象来。作为这出戏的点睛之笔，焦先生还特意安排戏里的角色小妞子穿上了一件小红袄——她是那黑暗时代里一朵灿烂的小花，她在场上蹦来蹦去，她叫人们喜欢。可是这朵小花终究被黑暗吞没，淹死在那条臭沟……她叫人难以释怀，那红红的颜色，那欢快的影子，让人伤心，催人泪下。

1950 年 11 月底，龙须沟改造工程告竣，开辟了首都城市建设的新篇章。几乎是同步，转过年来的 1951 年 2 月，由老舍编剧、焦菊隐导演，于是之、叶子、黎频、郑榕等主演的话剧《龙须沟》便登上了首都舞台。戏里那亲切的京腔京韵，那悦耳的吆喝声让人们如临其境。

《龙须沟》的公演取得了巨大成功。1951 年 3 月，剧组进了中南海，向党和国家领导人汇报演出，得到了毛泽东主

《龙须沟》剧照

席和周恩来总理的充分肯定。1952 年 6 月，在周恩来总理的亲自关怀下，中国第一个专业话剧团体——北京人民艺术剧院宣布成立，而《龙须沟》正是北京人艺的奠基之作。也是在这一年，北京电影制作厂拍摄的由大部分话剧原班人马主演的电影《龙须沟》在全国上映，立刻引起轰动。

龙须沟东边那片叫金鱼池的水坑洼地倒是被保留了下来，填坑修湖，建成了一个元宝形的人工湖，岸边安上了水泥栏杆、装上了路灯、栽了垂杨柳、搭建了凉亭，俨然一座小公园。起初，那湖水是清澈的，周围居民休息的时候可以在岸边垂钓，可以在湖里划船，抬眼就能看见不远处祈年殿的三层蓝琉璃瓦宝顶。只不过周围的房子还是早先的棚户房，低矮的旧房屋比新修的柏油路高不了多少，三伏天的时候，有的居民站在马路边上一迈腿就上自家房顶乘凉去了。住了几辈子的老房子尽管不断修修补补，可仍然越来越不结实，墙体酥碱、开裂的，一下雨满屋子漏水的不在少数。又这么将就着住了十几年，龙须沟一带的住家户迎来了第二次改造的机会。

由于缺乏水源，元宝形的金鱼池其实是一潭死水，日久天长，变得不再清澈，再加上排水不够畅快，赶上下大雨，池里的水能涨得和栏杆一般高，甚至往大街上浇，流进住家户的屋子里。金鱼池的改造迫在眉睫。1965年，北京修建地铁一号线，政府就用挖地铁的土填平了金鱼池，用高压设备把土石砸得结结实实，在上面盖起了五十多栋简易楼。多少年来蜗居在低矮破旧的小平房里的老住户全都迁进了新居。破屋变高楼，地摊改商场，这是继整治龙须沟之后又一桩天大的美事。

转眼又是三十多年，各家各户添人进口，青年人健康老年人长寿，两代人变成了四代人。当时的简易楼住起来就显得窄憋了，厨房改成了卧室，煤气罐挪进了楼道，家家户户门口再放上两辆自行车。楼道黑了、窄了，上下水管子锈了、堵了。楼与楼之间的街道也越来越窄，地震那年盖起来的抗震棚都 被砌砖抹灰，加固变成了住人的小平房，有的人家还开起了小商店，做起小买卖。简易楼的墙体经过三十多年的风吹雨淋已经开始酥裂，墙皮不时脱落，墙面上还缠着各种电线、管子，安全隐患随处可见。简易楼成了危楼，居民们的抱怨也越来越多：说好住二十年的简易楼怎么一住三十多年没人管了？

2001年，龙须沟、金鱼池地区第三次大规模危改工程拉开了序幕。施工的工人们夜以继日连轴转，打小儿在这里长大的大爷、大妈们得空就到建筑工地外面瞧瞧自己未来的新家园。他们看到了深厚的地基，看到了结实的钢筋，看到了一层层四合院式的新楼拔地而起。他们不敢想象，自己这辈子还能住进这样的神仙府第。

仅仅用了十个月，梦想成真。

和北京大多数新建的现代化社区不同，金鱼池社区有个特点，就是这儿的住户都是打小一起长大，几十年低头不见抬头见的老街坊，彼此有种亲密的热乎劲儿。迁进新居那年，小妞子当年的玩伴们已是六十来岁的人了，他们大半辈子都没离开过这片地界儿，他们一起亲历了新中国的发展，一起住进了做梦都想不到的高级洋房。关起屋门来家家户户是敞亮的两居室，有厨房，有厕所，做饭、取暖都用上了干净的天然气，再也不用烧煤炉子，至于漏雨，那好像是很久以前的事了。走下楼来，大伙儿还都是从前相熟的街坊邻居。这片社区的建筑布局也充分体现了这种风格，特意仿照北京传统街巷建成了类似四合院的楼宇院落，形成了开放式的"街坊"居住模式，走进小区，优雅的环境里便透出一股亲切的人气。

2012 年，老街坊们自己还排起了《龙须沟》，请来的可是大名鼎鼎的李滨来导演。真情投入、原汁原味让这部龙须沟人演的《龙须沟》独具魅力。龙须沟人版的《龙须沟》十年间大小演出了不下三十场，在社区演，在老舍纪念馆演，在民族文化宫礼堂的大舞台演，在南锣鼓巷国际戏剧节演……当地居民的原貌出演赋予了这出戏更加深刻的人文内涵，台上的演员用真情诉说着自己七十年前儿时的故事，台下的观众无不被其独特的艺术魅力深深打动。还有比这更接近生活的戏吗？

作为一个地名，"龙须沟"已经很难找到了。现在这附近的街道全都改名叫作金鱼池街、金鱼池中区等等。为了办理户口遗留问题而保存下的最后一块"龙须沟北里 2 号"的路牌也已经踪迹难寻。如果说生活就是一出戏，那么《龙须沟》七十年间一直在天坛之北的这片土地上活生生地上演着，从来也不曾落幕。

找乐呵

# 春风之乐

"春打六九头"，数九数到六九，意味着进入了立春节气。这个时节尽管依然春寒料峭，但清风吹到脸上已经不那么扎人了。隐隐带着丝暖意的春风吹过护城河边僵直的柳条，枯枝不知不觉变得柔润起来，虽说尚未滋出新芽，可打远处望去，那柳树上分明已经罩上了一层朦朦胧胧的绿烟，看起来真叫人舒服，于是也就有了"五九六九河边看柳"的风俗。仅仅看柳岂不可惜了这金贵的春风？春天特有的乐呵来了——放风筝，能从立春一直放过清明。春风吹过的时候，伫立在京城的大街小巷，抬眼就能看见随风飘摆的各色风筝，盼望了一冬的春天就这么明快地闯入了眼帘。

风筝的种类不下百种，什么软翅、硬翅、硬拍子、软拍子、伞翼，还有成串的龙头大蜈蚣……各有各的玩法，各有各的乐趣。北京城有专属于自己的一种风筝，叫沙燕儿，圆头、翘翅、剪刀尾，飞到天上一个"大"字又开了，远远看去活脱是一只身影矫健的春燕。沙燕儿风筝有胖有瘦，有大有小，富态的胖沙燕儿、纤细的瘦沙燕儿再加上一对小巧的娃娃燕儿放在一起，正好代表了和和美美的一家人。

扎沙燕儿是门手艺，有着成套的讲究，必得选用上好的竹子，经过劈、弯、削、接等等前期准备之后才能进行最关键的一步"扎"。扎那一对翅膀的筋劲儿很难把握，手松手紧之间决定着风筝起得高不高，飞得俊不俊。别看只是五根纤细的竹条，要想风筝飞得容易，两个翅膀梢上必得搣出角度完全一样的"膀兜"来才行。老北京大人们放风筝一般就是在自家院子里，能在横竖顶多十来步的地方把风筝放上天去不是靠跑，而是靠悠着劲儿一点一点儿抖手里的细线，直到把风筝兜起来。沙燕儿吃风全靠这两个膀兜了，若是顺手，只用跑上几步就能让风筝缓缓升起来。有一种说法说早先这种风筝就叫"扎膀燕儿"，后来叫俗了才成了沙燕儿。北京城里能把风筝画漂亮的人不少，但能扎好骨架糊好纸让风筝平平稳稳飞起来可就不那么简单了，不是谁都能掌握的。

自己做起来麻烦，可又有那么多人喜欢放，于是七十二行里就专门有了糊风筝这一行。所谓"南城大沙燕儿，北城黑锅底"说的就是老北京两家最著名的风筝铺。

"南城大沙燕儿"一听就知道是做沙燕儿风筝的，这指的是曾经在琉璃厂中间路北开着两家铺面的"风筝哈"。哈家制售风筝传了几代人，得说是有名的风筝世家，他家的风筝1915年在巴拿马国际博览会上得过大奖。风筝哈糊的风筝选料考究、色彩明快、画工精细、造型俊美，那骨架哪儿薄、哪儿厚、哪儿该过火都有一定的分寸。他家糊风筝除了用普通的柔韧绵纸还有用金贵的绫子和丝绢的，一般的风筝摊子可比不起。风筝的样式更是丰富，蝴蝶、仙鹤、蜻蜓、花凤等品种无所不有，最出名的当属大沙燕儿，放飞到天上兜起风来会像燕子一样呢喃细语，简直就是精巧的艺术品。这种高端精品的买主大多是来逛琉璃厂的社会名流和资深玩家，据说当初四大名旦都放过风筝哈的沙燕儿，价钱自然也不便宜。

"北城黑锅底"说的是在什刹海后门桥西，火神庙牌坊后面曾经有个摆了几十年的风筝摊子，摊主金爷本是位好玩儿、会玩儿的旗人，家道中落之后以制售风筝糊口谋生。金爷的风筝透出旗人特有的做派，即便穷了也得讲究。他扎肥沙燕儿骨架用的是黄竹，放到天上纹丝不动，看着霸气；扎瘦沙儿骨架用的是青竹，经风一吹摆动摇曳，显得俊俏。据亲眼见过金爷糊风筝的老人说那手艺真如行云流本，二十多个风筝糊起来一气呵成，看着都是一种享受。但见老爷子把高丽纸搭在膀线上，用一根拴着竹棍的布条子从坐在火炉上隔水加热的胶筒里蘸上热乎乎的粘胶往膀条里侧轻轻一抹，之后赶紧用一只手捏住膀根，另一手按住膀角，缓缓吹上一口气，眼见着白纸平整地绷在架子上，再用剪刀剪去架子外面多余的纸边，刷上糨糊，包匀了膀架。剪下来的纸边纸头也不浪费，专门用来捆风筝架子。据说就连风筝线都是他用废棉纸一根一根搓出来的。

金爷画风筝更是与众不同，别人家的风筝通常是先画好了再糊，金爷的风筝是先糊好了再画。画风筝用的颜料堪称独门秘诀，并不是画画用的那种五颜六色的彩墨，而只是单一色漆黑，画出来的感觉让人想起戏台上的黑脸包公。这种黑用的并非什么松烟墨、油烟墨，而是从他家炒菜锅的锅底上刮下来的黑烟子和上桃胶自己调制出来的。金爷琢磨出这主意最初是为了节约成本，不承想却成就了自己独一派的风格，庄重、沉稳、大气，放到半空里不会抢了明媚的春光，反而映衬得天空更蓝更亮，比起那些花里胡哨的风筝来另有一番韵味，由此成就了"北城黑锅底"的美名。

在行家眼里，放风筝不单是为了看风筝，也是为了看衬托着风筝的湛蓝的天空，这就叫以天为纸。20世纪50年代前，每到了立春，路过后门桥的人远远就能看见火神庙前的半空里飞着两只八尺宽的大黑锅底，那是金爷的幌子。不过金爷的风筝也不全是黑锅底，1958年中国和法国联合拍摄了一部儿童影片《风筝》，电影里漂洋过海飞到法国的那只孙悟空风筝穿着金花杏黄袄，架着蓝色祥云，也是出自金爷之手，很多法国小朋友也正是随着这只风筝了解了北京。

金爷的黑锅底卖得很便宜，放起来又顺手，培养了一大批常年的老主顾，在北京的风筝界赫赫有名。但对于那个时候的小孩子来说，花钱买风筝总没有自己动手做来得容易。孩子玩的风筝是最简单的屁帘儿，用两根细竹条摆个十字，中间用棉线绑个结，找一张旧报纸往上一糊，再粘两根长纸条当尾巴，拴上长棉线当风筝线，就可以拉出去沿着胡同疯跑了。至于飞起来是不是打转悠或者栽跟头，那都不重要，重要的是可以拉着自己动手做的风筝迎着春风自由地奔跑。也许需要放飞的不是风筝，而是春日按捺不住的心情。

# 夏虫之乐

北京的夏季是燥热的，不但人心里躁，就连树上的、草上的、土里的虫子也跟着一起躁，该叫的叫、该飞的飞、该跳的跳。于是，夏天的乐呵来了，玩虫子。也甭说抓，先听听这些虫子的小名就够有意思的：季鸟儿、老仔儿、老膏药、老琉璃、红秦椒、大八厘、大奔儿头、油葫芦、青格楞、呱哒扁儿、花手绢儿……每个名字听起来都让人觉得好玩儿，每个名字背后都有一段属于夏天的记忆。

夏至，蝉始鸣。

夏至节气刚到，藏在护城河边的大柳树上和院门口的老槐树上的蝉就像听到老天爷的命令一样会齐刷刷地开始鸣唱起来。最先发声的是乌黑油亮的大黑蝉，北京人管它叫季鸟儿，这方头方脑的小东西会在一场雨后悄默声地从潮润的泥土里钻出来，爬到附近的树上演一出金蝉脱壳，振动着翅膀"唧唧唧"地放声欢唱，用北京话说这就叫"麻季鸟儿升天了"。季鸟儿的歌声古老而单调，并无板眼可言，而且是只要有一只开了嗓儿，马上就能带动周围树上所有季鸟一起撒了欢似的合鸣起来。听到这阵阵蝉鸣，一众粘季鸟儿的高手就立马收拾出闲置了一年的竿子走上街头开始捕猎行动。

粘季鸟儿的人并不以孩子为主，大人们粘季鸟儿的初衷是喂养家里伺候着的百灵、黄莺等等喜吃活食的笼养鸟，后来逐渐演变成了一种娱乐方式。于是小孩子们也跟着学了起来。粘季鸟儿首先要做胶。据说职业玩家会用苏子油熬，熬出来的胶黏性大，不仅能粘季鸟儿，甚至能粘麻雀。不过一般人可没处淘换苏子油胶，只能自己动手做黏面筋，就是和块面团包上纱布放进清水盆里反复揉捏，直洗到剩下一小块黏手的面筋，这就是胶。再就是用废自行车里带或是几根猴皮筋儿放进铁皮盒子里加上水熬，尽管气味难闻，可为了玩儿也就只好忍了。做好的胶抹在从大竹扫把中间抽出的细枝条梢上，粗的一头插进长竹竿子里，就成了粘季鸟儿的神器。猎手们手握长竿在大树下寻声找蝉，瞄准了枝杈上的那小黑家伙，屏气凝神轻轻探过竿去，用弓似的细梢啪的一下点触蝉翅，一只季鸟儿扑棱棱到手。

捕虫给人带来乐趣，究其原因可能来自远古时候人们觅食的天性。尽管季鸟儿确实能炸了吃，但对京城里的人来说，恐怕更多的需求还是捕获本身带来的快意，很少有人是真的为了吃它那一星半点的肉。捕到手的季鸟儿也就变成了小孩玩意儿，掐着它的颈脖子让它叫得更响，翻过身子看那两排胸板振颤，甚至把它的翅膀铰去一半，俯视它像小鸟似的低空飞翔，这些都能给胡同里的孩子带来无限的欢畅，也带来亲近大自然难得的机会。

夏至三庚，进了头伏，大树上会传来另一种蝉鸣："伏天儿——伏天儿——"，这种蝉大名叫蒙古寒蝉，小巧、机灵、蓝绿色，活脱一颗翠玉雕成的工艺品，北京人就直接把它叫"伏天儿"。要想粘着"伏天儿"可就难了，这东西鬼头，稍微有点动静它就嗖的一下没了踪影，非高手不能粘得。即便偶尔粘着，它的叫声也不再是悠扬的"伏天儿——"，而变成刺耳的叽叽，像是对剥夺了自由的怨气。蝉的鸣唱，几人知了？

专属小孩子们的捕虫游戏是抄蜻蜓。用一个网兜套在铁丝圈上插进竹竿子上头当抄子，瞅准了半空里飞舞的蜻蜓挥手一抄，总能有所收获。一般的网子是用纱布缝的或网兜改造的，讲究的网子是用纯蓝线编结的"琉璃网"，网圈上有细麻绳捆出的灯笼扣，可以调节孔大孔小，以便捕获不同品种的蜻蜓。至于说为什么叫琉璃网有两种说法：一种是蜻蜓的头像个琉璃球，所以所有的蜻蜓都俗称老琉璃；也有人认为蜻蜓的品种成百上千，只是其中某一种叫老琉璃，不过这些都属于京城俗称，没什么标准可言。按照昆虫学的说法，蜻和蜓本身就是两回事，尾巴是根直棒的叫蜻，尾巴梢上带鼓肚子的叫蜓。

在院子里最常见的蜻蜓是一寸来长的"小黄"，每到天阴上来要下雨的时候，成群结队的"小黄"就会在院子当中或盘旋飞舞，或悬停俯冲，它们是来吃蚊子的。也有两只平行而飞的"驾排"或头尾相接连成环套的"推轱辘车"，那必是雌雄一对，若是仔细观瞧还会发现其中一只背部焦黄的长着一水棕色的琉璃复眼，据说那是雄的；另一只颜色发淡的复眼上褐下绿，里面还有密密麻麻的黑斑，那是雌的。小孩子们不管雌雄，一抄子过去，往往能逮着

177

好几只。有那机灵的见大事不好来个急转掉头躲过一劫，也有飞累了的落在石榴枝上。那到省的用抄子抄了，瞅准了伸手过去一捏，就得着了。往往是逮的正欢之时，忽然一阵大风，雨哗地下来了，玩兴正浓的孩子们还没来得及跑回屋，已经淋成了落汤鸡。

"小黄"只能算蜻，是最容易抓的大路货，逮着"老仔儿""老刚儿"才算珍品，那才是真正的蜓。"老仔儿"的复眼晶莹翠绿镶着蓝斑，碧身黄腰，细长的尾梢向上翘起来，底下长出个鼓肚，活像毛笔字里的一捺，身量能有"小黄"的两倍长。它会等到黄昏时分在青瓦大鱼缸的水面上玩蜻蜓点水，据说是在甩仔，看来老仔儿是雌的，偶尔还是能抄着的。也有人说"老仔儿"喜欢雪白的茉莉花，就揪几朵茉莉花举着做诱饵招它飞过来再逮。如果是尾巴根上有一段耀眼的天蓝色，那就是公的"老刚儿"，"老刚儿"飞得很高，一般落在树梢上，想逮它除了像粘季鸟儿那么粘之外，就是拿已经逮的"老仔儿"勾引它下来，瞅准了眼疾手快猛抄过去。

除了"小黄""老仔儿""老刚儿"，在院子里偶尔能见到的蜻蜓还有脸上长着细绒毛的"老膏药"，那家伙黄头黑纹翠绿眼，黑黄相间的虎皮尾，看着就阴森森的。"老膏药"

非常罕见，非常狡猾，偶尔现身在老宅院的墙犄角阴凉处，像从深宫溜达出来的某种怪物。

至于著名的"红秦椒"和"黑老婆儿"只能在昆明湖或什刹海的荷花淀里邂逅了。碧水清荷间若是忽见点点艳红飞舞，漂亮得闪眼，那便是满身通红的红秦椒；偶然也有一只翅膀漆黑飘忽不定的黑蜻蜓落在粉白的荷花上，就像是有意无意甩上的一滴长墨，那是有名的"黑老婆儿"。小孩子看见它必会高兴得唱起这样的歌谣："黑老婆儿，洗脸不洗脖儿，上天没脑壳"，这是属于夏季纯真的歌。

说起夏天的虫，必得提到蛐蛐儿。轮到蛐蛐儿登场已是七夕前后，天河掉角，早晚的风里隐约透着清凉了。蛐蛐儿的学名叫蟋蟀，此外还有一个挺文艺的名字叫"促织"，就是说听见蛐蛐儿"嘟噜嘟噜"唱曲的时候正是织女星当空的时候，也是督促女子们织布的时候。

蛐蛐儿的鸣唱短促而焦急，就像急着要跟谁干一仗似的，在夏天所有的虫子里也只有蛐蛐儿喜欢互相打斗。人们逮蛐蛐儿并不是为了听它叫，而是为了看它斗。正是因为蛐蛐儿太善于斗，以至于在闲人云集的京城里斗蛐蛐儿发展成了一门独特的文化，乐于此道的书画文人甚至把养蛐蛐儿的盆盆罐罐都做成了古董一样讲究的文玩，还会专门举办蛐蛐儿雅集乃至来一场"乐战九秋"。附庸风雅的权贵遗老们则会雇了专门的蛐蛐儿把式，时不时摆开排场豪赌比阔，据说真有赢房子赢地的。

文人斗蛐蛐儿玩的是个心气，权贵斗蛐蛐儿图的是个面子，小孩子可不管那么多，他们斗蛐蛐儿纯粹为了快乐。说到乐，小孩子们更乐于"逮"。抽出电线里的铜丝编成蛐蛐儿罩子，预备好了照明用的手电、翻石头刨土用的火钩子，再用旧报纸卷好十来个装蛐蛐儿的小纸筒……一切准备停当之后就等到天一擦黑开始逮蛐蛐儿。几个小伙伴或是去那老宅院犄角旮旯儿的砖石缝里一通翻腾，或是躲在花池子里的草棵后头侧耳细听，循着"嘟噜嘟噜"声掀砖、刨草、手扒、灯照，忽然看见一只正振翅欢唱的小精灵，赶紧用罩子对准了一扣，一只全须全尾的蛐蛐儿便成了囊中之物。逮蛐蛐儿可不能直接上手抓，若是一不留神伤了它头顶上两根细细的长须，或者那小玩意儿一挣扎弄掉了一条大夯，那可就前功尽弃没得玩了。

真正的玩家挑蛐蛐儿的说道可多了，单说脑袋的颜色就能分成"青麻头""红麻头""金丝额""银丝额"好几种，更甭说什么"大紫牙青""铁头青背""金琵琶"等等传说中的名种。小孩子没那些个讲究，只要是挺着两根长须子、大圆脑袋、叫声脆生、两条大夯光泽深润没杂斑的就算是好虫。蛐蛐儿打架靠的是一对大牙，根宽齿尖红黑色的牙咬起来才够凶狠，若是红牙、黄牙那就差得多。再就是挑选斗虫只能选两根尾巴八字叉开的，三尾大扎枪身量再大也不会斗，因为那是雌的，从来不叫不斗。

斗蛐蛐儿是夏末的夜晚胡同里最大的乐事，只要路灯一亮，你就看吧，各家的孩子们就会抱出来大罐小盆齐聚电线杆子底下摆开战阵，狂呼乱叫地期待着一场激烈的厮杀。罐里争强斗狠的蛐蛐儿两两对起阵来，或夹钩闪躲抱箍滚，或牙咬须晃大夯踹，直到胜利者摇晃着两根长须"滴滴滴"振翅欢鸣，它的主人也跟着兴奋得哄笑跳跃起来。失败的蛐蛐儿拖着受伤的大夯落荒而逃，耷拉着脑袋的小主人必会愤愤然放出狠话相约明晚拿喂过辣椒的狠角儿再斗一局……这样的游戏会在胡同里一直持续到秋凉。小孩子们斗蛐蛐儿并不挂什么彩头，赢了顶多弹对方一个脑锛儿。小孩子得到的是单纯的快乐，正如夏末秋初之夜蛐蛐儿的鸣唱一样清澈。

# 秋泥之乐

对于现在的孩子们来讲，玩脏兮兮的烂泥巴显得有些不可思议，但在老北京，玩泥不仅是孩子们的一大乐趣，而且属于七十二行里的一行。可也不是什么泥都可以用来玩儿的，必得是黏性大、能抱团、细腻滋润的黄土泥。

北京城里不产黄土，可用黄土的地方却非常之多。黄土不光可以用来"净水泼街、黄土垫道"，更重要的是能和煤末子掺在一起摇成煤球儿。那时候北京四九城里做饭生火用的是煤。黄土有黏性还没什么杂质，能把细碎的煤末子团成煤球儿，这样用起来方便，烧起来顶时候，尤其是秋凉之后，家家户户都要事先预备出整个冬天取暖用的煤球儿，黄土的需求量自然小不了。那时候专门有人从城外头挖整车的黄土拉到城里来卖，据说东来顺的创始人丁德山最初就是靠卖黄土起家的。

那么多黄土运进城来，喜欢琢磨玩儿的北京人自然不能让它有些许浪费，于是产生了黄土泥的各种玩法。做成鸽哨比声响，做成京戏脸谱看花样是属于大人们的乐趣。做成一种叫"叫猫"的玩意儿让孩子们拉着满院子疯跑，抻出"喵喵"的动静是专门哄孩子玩的。这些玩意儿都有专门的小作坊做出来售卖，花不了几个钱就能玩些日子。

对于孩子们来说，玩儿起来停不下手的首先要数用黄土泥磕泥饽饽。北京话里的"饽饽"原本指的是白面做的吃食，像点心铺叫饽饽铺，煮饺子叫煮饽饽，可用在这里却成了黄土玩偶的昵称，究其原因，可能是和黄土泥跟和面的感觉差不多，水要一点一点往里加，和的时候要反反复复揉压捶打，这么才能和得滋润，把泥和出筋劲儿来。除此之外，恐怕人对黄土那种与生俱来的亲切感也在潜移默化地起着作用吧。

磕泥饽饽首先要买回来一副陶土烧成的模子，一开两瓣，把已经捶打得柔韧光润的胶泥填在其中一瓣上堆起个小饽饽来，拿起另一瓣模子对齐了使劲挤压，直挤到两瓣模子合二为一，刮干净缝隙上溢出来的泥巴，抹平压实，轻轻掰开模子，眼见着中间的玩偶已然塑造成型，或走兽飞禽，或八戒悟空，无不是孩子们喜欢的形象。小心翼翼往外"啪"地一磕出，一个泥饽饽诞生了。怎么样？是不是很有些女娲造人的感觉？过去老北京有专门以制售泥饽饽为业的小贩，就是拜女娲为祖师爷的。小贩售卖的泥饽饽自然比孩子们自己磕出来的讲究，和泥的时候还要掺进去棉絮增加韧性，即便不小心掉地上也不容易摔碎，图案刻画也还算精细，不过买这种泥饽饽玩也就没有了一边自己动手磕出来，一边唱着"泥泥饽饽，泥泥人儿耶，老头儿喝酒，不让人儿！"的那份得意劲儿了。

泥饽饽磕出来一溜十几个，放在太阳晒不着的地方晾着，过上几天就阴干了。干透了之后再涂上花花绿绿的颜色，这样即便是同一个模子里磕出来的孙悟空，也能千变万化、各不相同，充分满足孩子们的创作欲。也有那心急的孩子等不到阴干就把泥饽饽放在炉台子上烤，弄不好烤裂了怎么办？打碎了加水泡化，和成泥重新再磕，这个过程也是乐在其中的。

在众多泥饽饽里只有一种与众不同，那就是大名鼎鼎的兔儿爷。兔儿爷的做法跟磕泥饽饽没什么不一样，也是把和好的黄土泥按进模子里磕出来的。可就是因为这个泥饽饽在中秋节可以在拜月的供桌上摆上一会儿，就得了个"爷"的称号，得以享受神仙似的待遇，以至于每年中秋前后都会专门堆起座兔儿爷山来等着大伙儿郑重其事花钱往家里请。

兔儿爷山很多街道都有，最著名的摆在花市皂君庙前头，上下能有三四层，上层摆着几尊两三尺高的大兔儿爷，下层码着一溜巴掌大的小兔儿爷，阵列整齐，神气十足。兔儿爷们一尊尊兔首人身，支棱起两只会摇晃的长耳朵，翘起红线勾出的三瓣子嘴，憨态可掬地笑着，可又笑不露齿，像是特意保持着神仙的矜持。兔儿爷的坐姿都差不多，穿戴却是花里胡哨的，最常见的是顶金盔束银甲，穿红袄披绿袍，左手托臼，右手执杵端坐在瑞兽上的。不过别看它前半身粉琢玉雕，身背后却不上颜色，特意露着的泥身子上插着单独一杆红黄彩纸糊成的三角靠背旗，秋风一吹，微微颤动。为什么靠背旗只有一杆呢？这里面还藏着个典故，说是不知何年何月，兔儿爷从月亮上下凡来到京城，专门给老百姓捣药治病，忙碌了一宿累瘫在这座灶君庙门口的旗杆底下。靠背旗就是从庙前头那根单挑的旗杆演化过来的。从此胡同里的臭小子们打架前都爱豪迈地强调一句"咱俩兔儿爷的靠背旗——单挑"。北京话里关于兔儿爷的俏皮话实在不少，像"兔儿爷拍胸脯——没心没肺""兔儿爷洗澡——一滩泥""兔儿爷戴胡子——假充老人儿"等等能说出一大串。兔儿爷给大人孩子们都带来了快乐，丝毫没有神仙的威严。兔儿爷有骑大象、老虎、梅花鹿等等瑞兽的，有坐葫芦、桃子、牡丹花的，可就是没见兔儿爷驾龙骑马的。为什么？据说是它威风太小，镇不住。即便是参与拜月仪式，它也就在供桌上端坐那么一小会儿，撤了供立刻被孩子们抓到手里当玩意儿。孩子们可以跟它说话，可以抱着它睡觉，不留神摔碎了也不心疼，反正兔儿爷最终都是要摔碎的，这代表着祛病除灾。

有时候人们怕这位亲民的小神仙太孤单了，还特意给它配上了一位兔儿奶奶。兔儿爷兔儿奶奶有分开来塑的，有挨肩同坐在大老虎背上的，公母俩长相差不多，只是奶奶的衣服画得更花哨点儿。人们甚至觉得这么可亲可爱的兔儿爷即便位列仙班也不至于总顶盔掼甲端着个大架子，于是兔儿爷有了卖菜的、卖油的、剃头的、锔盆锔碗的种种装扮。反正在北京拉车的都可以叫作"爷",透着亲近随和,活脱一个和自己一样整天家长里短吃喝拉撒的小老百姓。中秋节的兔儿爷就是个泥饽饽,任你捏来任你塑,给人间的团圆节带来了世俗的欢乐。

上个世纪中叶以后破除封建迷信,京城的四合院没有了拜月的仪式。兔儿爷这位顶着个虚名的泥饽饽神仙在很长一段时间里也就销声匿迹了。近年来复兴传统文化,兔儿爷作为工艺品再次出现的时候,很多年轻人并不知道它才是京城里的老人儿。好在复出的兔儿爷没有忘记亲民的本性,有了入时的卡通版,长出了漂亮的长睫毛,而且不再单纯属于中秋时节,它已然作为代表北京民俗的符号一年四季蹲守在文创商店的玻璃橱窗里,看着南来北往的游客憨憨地笑着。

# 冬水之乐

冬景天，滴水成冰。

水冻成冰还是水吗？当然是。水能载舟，冰也能。

早年间进了三九天，眼见着护城河里的冰冻瓷实了，东便门外大通桥底下就开始有人做起了拉冰床的生意。冰床还分好几种，有的看起来真像张床，五尺多长、三尺多宽的床板上铺盖着毡子，人坐在上面若是把腿耷拉到床沿外面刚好沾不着冰面，坐上三四位客人不成问题。床板底下六条脚支起个框架子，一左一右两根贴冰的长杆底下嵌着粗铁条。客人来了舒舒服服往上一坐，拉冰床的人抄起拴在床头的绳索往肩头一背，紧跑上几步，冰床飞快地启航了，拉冰床的也顺势一屁股跳坐在床帮上。眼见着冰床滑出老远，渐渐变缓，他跳下来再拉上一程，如此一滑一滑的能从东便门外大通桥一直出溜到通州城。

冰床是交通工具，同时也兼具了赏冬景的功能，跐溜跐溜地比坐骡子拉的轿车有意思多了。于是就有人约上七八位朋友，清早起来租上几张冰床连成长串，架上张小炕桌，温上壶热黄酒，摆上干炸丸子、花生仁，一路把酒兜风，近看冰河两岸枯柳寒鸦，远眺沿途村庄炊烟缥缈，谈笑风生间欢饮观景，只当是一次爽目怡情的冰河冬游了。转眼进了通州城，上岸直奔义和轩，叫上盘烧鲶鱼、炒咯吱、溜肉片，美美地饱餐上一顿，一路寒气顿消，自然是心情大好。

也有那简易的冰床，就是在排子车的车板上铺上草帘子，底下嵌上两根粗铁条，俗称冰排子，人站在板子上用一根带铁矛头的长杆子往冰上一戳，冰排子跐溜跐溜滑得飞快。这种冰排子安把椅子可以载人，撤了椅子可以载货，那时候城里过年用的各种小年货往往就是靠它从通州运过来的。后来那种用小椅子改造成的冰车很像是这种冰排子的袖珍版，只不过要小得多，想要滑到通州可能会比较辛苦。

若说滑到通州，也未必非得坐着冰床去。民间自有高

189

手，就在平时穿的大棉窝底下绑上块厚木板，嵌上根铁条，铁条前面还要撅出个长钩以防石块、碎冰伤了脚，这种土造冰鞋有个好听的名字叫"凌鞋"，穿上它在冰上跑就叫跑凌鞋。单凭着那两根无刃无齿的铁条，溜冰者可以在通惠河并不平滑的冰面上风一样任意驰骋；可以摆出各种京戏里武生的漂亮造型撒欢过瘾；可以举着在东便门买的通红的冰糖葫芦从大通桥底下上冰，边溜边吃，转眼溜到通州城，再捧回一碗万通酱园通红的酱豆腐以示凯旋。大通桥上挤满了看客，但见着冰面上有举着酱豆腐碗飞驰而归的凌鞋侠，就知道这位爷必是刚刚往返百里的冰上高手，无不为之欢呼喝彩。这样的场面曾经是老北京冬景天冰河上的一景，无论是滑的人还是看的人都不知不觉忘记了寒冷，在热烈的气氛中享受着属于京城冬日独有的乐趣。

北京的风俗，往往深受宫廷文化的影响，民间的溜冰也正是来自于清代的宫廷冰嬉。乾隆年间，冰嬉曾与满语、骑射、摔跤一同被钦定为"四大国俗"，属于国家筵宴展演的"宾礼"写在《礼典》上，承载了与"大阅"相似的重要的礼仪功能。

故宫博物院收藏的清代宫廷画师张为邦、姚文翰绘制的院体画长卷《冰嬉图》把人们的视线永远定格在两百多年前西苑太液池的坚冰上，再现了一场皇帝亲临金鳌玉蝀桥畔观赏冰嬉的盛典。画面中央一条盘旋如龙的彩装队伍飞驰着，在三座高悬彩球的朱漆门阑之间环绕往返。溜冰者一个个足蹬木履，下包滑铁，这是宫廷版的凌鞋。他们或舞刀弄幡，或吹笛撑杆，或飞叉使棒耍弄着各种高难技艺，甚至还有在冰上翻跟斗、叠罗汉、耍小童的，那花样可谓无奇不有。忽见队伍中有一位弯弓搭箭的射手摆个回头望月，一箭正中门上的彩球，这就是独具宫廷特色的大型冰嬉转龙射球。画面右侧，众王公贵胄簇拥着的一张支起明黄色幔帐的精巧龙船，那是皇帝的冰床，想必华丽的幔帐里正端坐着看得津津有味的乾隆，或许他还在吟咏着"不知待渡霜花冷，暖坐冰床过玉津"的诗句吧。不远处的大桥旁，百余名足蹬凌鞋的八旗兵弁正整装待发跃跃欲试，恨不得马上飞驰到皇帝的冰床前叩拜行礼，这个项目叫作"抢等"，很像今天的速滑。太液池的冰嬉盛典从乾隆时期创办一直延续到光绪年间，从未间断。

清王朝灭亡之后，冰嬉盛典消失了，太液池变成了北海公园，但寒冬腊月里漪澜堂前的冰面上依然少不了戏冰者的身影。那时候在北海冰场的江湖上展示的冰艺融汇了东西方各个门派，既有穿棉袄的人脚踩凌鞋演绎着融杂耍、武术于一体的中式冰嬉——那是从清宫冰鞋处流传出来的老玩意儿；又有穿毛衣的时髦者炫耀着从海外学来的现代速滑和花样滑冰技术。冰场老板看到了文明碰撞出来的火花，索性组织起了化妆溜冰大会，身穿中外各式奇装异服上场的溜冰者不下数百人。有着蟒袍玉带的，有扮天使贵妇的，有装成青蛙河蚌的，还有画成白菜莲花的……神仙、野人、好汉、粪夫都化身成了溜冰高手，可谓中西合璧天马行空，充分展现了北京的大度与包容。漪澜堂前长长的环廊上挤满了热闹的观众，一眼望去全是帽子。人们看溜冰技巧，看奇装异服，也看心怡的看客，化妆溜冰大会一度成为京城里最时髦的社交活动，一直延续了二十多年。

时光进入了上个世纪60年代，京城溜冰的中心转移到了更接地气的什刹海。这里有用网子圈起来收费的正规溜冰场，晚场还特意拉上电线点上电灯。每天深夜散场之后会专门有人把冰鞋刺出的碎冰碴打扫干净，用皮管子接上水把冰道子浇平，第二天又能冻成光溜溜的冰面。奔正规场子来的都是些神气十足的各路高手，背褡裢似的在肩上背一双漂亮冰鞋，或跑刀或花刀，经阳光一照锃光瓦亮。在这儿，既可以一睹跑刀的矫捷，又可以欣赏花刀的细腻，赶巧了还能看见什刹海体校速滑队的运动员脚蹬当时最炫的黑龙跑刀进行专业训练，一个个弯腰背手迅如疾风，让看客们不用买票就过足了眼瘾。

正规冰场外面是没人管的野冰场，尽管冰面粗糙，但这里是属于老百姓玩耍的平民乐园。孩子们，还有那些童心未泯的大人坐在小椅子改造成的冰车上用两根铁钎子戳着冰面滑行，一个个玩得不亦乐乎。也许一会儿就有十几个冰车一个推一个地连接成长龙，嗷嗷呐喊着蜿蜒曲折地穿行于冰面上的人群之中。初学乍练者在这里相互搀扶着踉跄学步，弄不好摔个大屁墩儿，或出溜个"老太太钻被窝儿"，这些都会变成周围看客们的笑料。冰场上的一大乐趣就是看人摔跤。

什刹海的冰面上也不光是滑冰的，还有推着自行车卖冰糖葫芦的，支个铁皮桶卖烤白薯的，摆个摊位磨冰刀的，圈起地盘租小冰车的……种种与冰相关的配套服务一应俱全，喧嚣欢闹声中好一派世俗的冰湖盛景。虽说再也见不到那古老的冰床和木屐似的凌鞋，但冰凌带给人们的快意却如一缕暖阳长留在京城的冬日里。

# 提笼架鸟

爱找乐呵，喜欢玩儿，是京城老少爷们儿的一种品性。他们从来不懒。他们非常勤奋地玩儿，非常投入地钻研怎么玩儿。不光是玩手里的烟壶、核桃等等器物，更喜欢玩花鸟虫鱼等等活物，而其中玩鸟儿的乐呵似乎最为丰富。从逮兔抓雀的鹰、隼，到满天飞元宝的鸽子，从专听鸣叫的百灵、画眉到学人说话的鹩哥、八哥，还有漂亮的鹦鹉、能开箱子叼钱的交子……各种乐呵无奇不有。

玩鸟的嗜好多半是从宫里传出来的。据说，当初颐和园里有专门驯鸟的太监，不但在园子里养着成百上千只观赏鸟，甚至能把成群的灰喜鹊驯得围绕着昆明湖上划行的龙舟飞翔鸣叫，让船上的皇帝、后妃们听得心里那叫一个喜兴。

最初玩鸟的大多是些吃俸禄的八旗子弟。他们精心地喂鸟、驯鸟，形成了很多玩鸟的规矩，就连什么样的人养什么鸟都有专门的说道。比如讲"文百灵、武画眉"。儒雅之士讲究在家伺候净口百灵，要给自己的鸟找另一只音色好的鸟当老师，直驯得它能顺顺溜溜一口气哨出规矩的"十三套"，才算玩儿到家。行伍出身的爷讲究大清早起来遛画眉。天刚蒙蒙亮，就得爬起来穿上衣裳，摆开武架势甩开膀子摇晃着俩沉重的大鸟笼子行走个十几里去后海或是护城河畔遛鸟儿，全当是习武练功了。

上层社会玩儿什么，老百姓就崇尚什么，社会上就流行什么。从清末到民国，京城里玩鸟的已不再仅仅是有钱有闲的旗人，那些缙绅富户乃至平民百姓无论高低贵贱也都以养只鸟儿为荣。尽管大家的身份地位相去甚远，但有了这个共同爱好，一聊起鸟儿来就仿佛"肩膀齐是弟兄"了，彼此心里透着些亲近。北京人对于鸟儿投入了太多的心程。即使在动荡的岁月里有些人依然爱鸟如命，甚至倾其所有投身于此，就像话剧《茶馆》里松二爷说的那句：

195

"我饿着不能叫鸟饿着。"或许，那些精灵的啁啾欢鸣就是支撑他们活下去的希望，而提笼架鸟的生活也俨然成了古都文化必不可少的一部分。

所谓提笼架鸟，其实是两种不同的玩鸟方式。提笼讲的是笼养鸟，而且不同的鸟要用不同的笼子。画眉有画眉笼，靛颏儿有靛颏儿笼，养红子要用长方形穹顶的丘子笼等等。笼养鸟主要的玩儿法是听它哨。其中最好听的恐怕就数红子了。

红子并不是红颜色的鸟，而是黑头、灰翅、黑爪子、淡肚皮，学名叫沼泽山雀。这种鸟体态清秀，个头不大，体重不到一两沉。调教红子是一件很麻烦的事，必须从小雏子刚刚能在窝里扇动翅膀那天就开始。过了这个节骨眼儿，就再也驯不出来了。调教出来的红子鸣叫起来委婉多变，而且明澈空灵，穿透力极强。红子是有个性的鸟儿，它从来不学其他鸟儿叫，而其他鸟儿却要模仿红子的叫声。百灵十三套里就专门有一套是模仿红子的，叫作红子口儿。

后海附近曾有一只红子，每天清晨在湖边撕锦裂帛般哨个不停，那"咿哩红儿、咿哩红儿、咿哩咿哩红儿"的乐音悠扬清亮，能借着水音穿过湖面，让整个后海都回荡着尾音，拨动得对岸遛早儿人的心弦也跟着它欢快地颤抖，听得心底不可思议地美妙。

架鸟，说的是拿杆养的鸟，可以打弹，可以开箱，可以叼钱，玩的是个互动性。

最普通的架鸟当属梧桐，是一种黑头、灰身、黑尾巴的候鸟，《诗经》里那句"交交桑扈，有莺其羽"说的就是它。梧桐个头儿较大，轻轻握在手里一把攥不住。有意思的是那个大锥子似的短喙是可以变色的。小时候纯黑，只在最尖端有一抹鹅黄色小月牙。长大后黄色渐渐增多，而且岁数越大色越黄。等鸟老了竟变成一个蜜蜡似的黄嘴。北京人喜欢玩飞得快的小鸟儿，所以叫墨嘴。天津人喜欢玩漂亮的老鸟儿，所以也叫蜡嘴。

秋风瑟瑟之时，成群的梧桐从东北飞往南方。有那捕鸟人会专门到京郊的山里用网子粘下来，放在大笼子里带到鸟市上卖。养梧桐的以年轻人居多。他们挑选那看着精神，毛色光亮顺溜的小梧桐，套上自己用棉线或麻绳编成的小辫子似的脖儿索，用一只精美的钩子连上鸟绳，拴在三尺来长的鸟杠上。那个钩子通常是铁或铜的，制作得特别讲究，可以自由转动而不轻易脱落，也不会把鸟绕住。

那根手指粗细的鸟杠也有不少说道，有红木的、六道木的，还有上好紫檀做的。两头有铜箍，攥在手上本身就是件漂亮的玩物。

年轻人驯梧桐的第一步通常是含口凉水喷它一下子，然后饿它，为的是褪去鸟的野性。上岁数的人觉得这么做残忍，另有花工夫调教的妙法。总之，是要驯它站杠。之后，慢慢地调教它吃手上的食。过去把驯鸟的人称为鸟把式，也有人理解应该写成"把食"。鸟不通人性，之所以能听人的话还不是为了一口吃食？

喂梧桐的食是小麻籽：红豆大小，捧上一小把，梧桐一咬嘎嘣脆。一开始那鸟是站在杠上探头探脑地吃，过一两天熟了可以把杠绳放长了让它飞起来吃，再过几天打开钩子让它自由飞落在手上吃。渐渐地，手离杠子的距离越来越远，而手上的麻籽数越来越少，从一小把到十几粒，再到几粒，最终减到两粒。梧桐熟悉了人手，飞落在微微翘起的中指上觅食，它大概以为那中指就是杠子吧？

调教梧桐的目的不是让它吃手中的食，而是让它打空中的弹，也就是飞起来叼住抛射到空中的小弹丸，所以驯的时候就得一点一点抛飞食让它接着吃。抛的高度从半尺到一尺，再到两三尺……逐渐增加高度，喂食的难度也逐渐增加，开始是一粒，之后吃完一粒再抛一粒，驯它飞起来连吃两粒。这是打弹的基础，接下来就可以换成专用的弹了。

梧桐叼的弹要比麻籽大，所以才吞不下去。早先的弹是骨头做的，只有白色。现在有用塑料做的，有金黄、粉红、翠绿等等颜色，像一颗颗晶莹的珠子，抛在空中璀璨抢眼。梧桐叼弹子一次两颗，头一颗叫底弹，第二颗要比头一颗大些，称为盖弹。但见驯鸟者左手轻轻拢住梧桐，然后转腰展臂，顺势一悠抛到半空，右手随即高高抛出一颗底弹。那鸟儿扑棱棱飞了上去，一口衔住。之后的盖弹可不是抛的，而是用一支长长的空心铜管做成的吹桶一口气吹射上天的。两颗弹在一个方向都是低水平的玩儿法。真正的高手可以驯得那鸟在空中以十几米的半径盘旋两三周后，再衔住盖弹。两颗弹在梧桐嘴里碰撞发出清脆声响的瞬间，就是驯鸟者最幸福的时刻。梧桐能练就这手功夫全是凭他吹射盖弹时一寸一寸转换着角度领出来的，那可是个耗工夫的活儿。

梧桐打弹的时候也是北京天气最冷的时候。玩儿梧桐的地方讲究找豁亮的空场。所以，后海宋庆龄故居前那一大片冰面当然就是最佳选择。梧桐在天上转半圈叫月牙，转一周叫作一盘。据说顶级高手可以让梧桐围绕着整个后海上空转上六盘。

那盘旋飞翔的灵羽划过青灰色的长空，羽翼上映照着一抹冬日暖阳，搅动得几近凝固了的寒气也一下子活跃起来，看得人心里觉得敞亮。等到那精灵"嗒"的一声衔着盖弹的刹那，就像是从遥远的高天深处突然传来一簇电波，让人的魂魄不由得随之猛然一振，顷刻间没有了思想和意识，分不清自己是人，还是那鸟儿。

玩鸟儿有四层境界：第一层是把鸟当宠物养活，但人与鸟却仅是貌合神离。第二层是驾驭和控制鸟，搭工夫，用心思调教它玩活。第三层是人与鸟之间能够有情感的沟通，渐渐地形神合一。而最高一层就是达到人鸟交融时的忘我，在某个瞬间体会到自己随了那鸟消失在一个空灵的世界里，就比如在红子鸣叫的一瞬间，就比如在梧桐打弹的一瞬间。这种生活的艺术，被养鸟人发展到极致，也让他们从中体味到某种哲理。

梧桐一般只养冬天一季。清明刚过，春暖花开，梧桐就要换毛了。而且天气一热，鸟儿也受不了那么高强度的训练。这时候养梧桐的人要把它放回到大自然里。

在胡同里是放不走梧桐的。即便放了，到钟点儿它准飞回来吃食。所以放梧桐的时候要特意把它带到西郊的或北郊的大山里。之后饱饱地喂它吃上一顿，解开脖儿索，任凭它箭一般头也不回地扑棱棱飞进山林，"咬咬咬"地鸣叫着消失在蓝天深处。一段缘分就此了断。来年即使再见，那梧桐也早把本事忘得一干二净，而那曾经的主人也已然恍若隔世了。

人是有情的。而鸟，毕竟只是鸟。

# 九九消寒

人们常说"数九寒天"，可见这隆冬里冒着刺骨寒气的"九"是可以一天一天数出来的。

一九二九不出手，

三九四九冰上走，

五九六九河边儿看柳，

七九河开，

八九雁来……

等数完九九八十一天，也就盼来了春光明媚，转眼就是

"九九加一九，耕牛遍地走"了。

喜欢找乐呵的北京人数这九九八十一天并不是掰着手指头苦熬苦盼，而是饶有兴趣地在纸上描图写字。每天一笔，把这严寒的冷寂点染得生机盎然。这种给隆冬带来无穷况味的玩意儿就是九九消寒图，有了它，萧索枯寂的冬天一转眼就过去啦！

消寒图是在北京诞生的，不过发明它的却是个南方人。当年文天祥被俘后押解到元大都，囚禁在现在府学胡同位置的一座监狱里。那天恰逢冬至。他在牢房的墙上画了个棋盘似的方格图，九横九纵，每天早起用笔涂上一格，数着日子消磨时光，希冀着冬去春来，回到魂牵梦萦的南方。

图描满了，春天来了，可他仍然不能回去。拒绝了忽必烈的劝降之后，文大人在牢房门口种下了一棵枣树以表心志："臣心一片磁针石，不指南方誓不休。"说来也怪，那棵枣树长成后真是歪歪地向南倾斜着长。直到今天，它依然枝繁叶茂，苍劲挺拔的树干指向南天。

"人生自古谁无死，留取丹心照汗青。"被囚禁了三年之后，四十七岁的文天祥面向南方慷慨赴义。他描绘消寒图的做法却不经意传遍了北京。从明代开始，这一习俗就陪伴着京城里各色人等度过了一个又一个冬天。皇宫大内里描，各大王府里描，富贵人家的宅门儿里描，就连住大杂院的平民百姓也跟着描。

百姓家里的消寒图非常简练、淳朴。一张发黄的草纸上用铜笔帽蘸上红颜色方方正正地排满九九八十一个圆圈。然后，在每个圈里描上四条细细的弧线，一个圆分成了五份，就变成了八十一枚空心的铜钱。每天用墨涂满一份，过一个"九"涂满一行。八十一天就这么数过去了。不过涂也有涂的规矩，叫作"上涂阴，下涂晴，左风右雨雪当中"，不但记录着日子，也记载了一冬的物候变化。当然，涂右边的可能性很小，若是真涂上了，什刹海的冰面怕是也已经上不去人了。

小康人家的消寒图通常是木刻水印的素梅。"冬至之日，画素梅一枝，为瓣八十有一，日染一瓣，瓣尽而九九出，则春深矣。"九朵墨线勾勒而成的梅花跃然纸上，旁边再配上几行清新的小楷："淡墨空勾写一枝，消寒日日染胭脂。待看降雪枝头满，便是春风入户时。"描好的消寒图用淡绿色的绫子装裱起来，透着一股子清雅气。

屋外寒风阵阵，残雪覆盖了房顶波浪般的青瓦，折断的干树枝散落在房脊上。屋子里温暖舒坦，铸铁炉灶上烧的水壶嗞嗞作响。窗台上晒着的水仙青葱翠绿，玉蕾微张间但见雪白的花瓣、鹅黄的花蕊，淡淡的清香若有若无。主人举起毛笔，蘸上一点胭脂红，屏气凝神精心点染那图上的梅花。笔起笔落间从"不出手"的一九第一天描上一片花瓣开始，每天一瓣坚持下来——舒心闲在时每天一瓣，忙忙碌碌时每天一瓣，不能多也不能少；溜冰回来高兴时每天一瓣，大雪封门烦闷时每天一瓣，不能紧也不能慢。一张简单的消寒图不经意培养出了北京人特有的舒缓气韵。待到冬装下身的时候，描绘了九九八十一天，一幅清秀艳丽的水墨腊梅完成了。主人的心里自然也是春风得意，透着那么美。

比素梅更精致的消寒图也有，不过一般是达官贵人家里闺阁小姐们玩儿的。那是一张画着九个小小子儿的工笔画，每个孩子手里握着一件玩具，或铃铛、或鞭炮、或拨浪鼓……不过这个玩具不能轻易看见，它上面覆盖着三三见九的米字格，贴着九张可以撕下去的薄纸。每天轻轻地撕扯去一小张，每个九过完露出一件完整的小玩意儿。九九过后，当带着潮润气息的盈盈春风穿过垂花门，吹进后院深处的闺房时，才能看见那张完美的童子图。

皇宫大内应该是庄重的地方，连消寒图都透着特别讲

205

究。道光皇帝亲笔书写的"九字文"被制成双钩空心字装裱在楠木框子上，上面工整地写着"亭前垂柳珍重待春风"，每个字正好九笔。宫里的帝、后妃们每天描上一笔，提示着自己要像严冬里的垂柳一样定气凝神苦心修炼，珍重德行以等待春风的到来。这块精美的"写九"消寒图至今仍然悬挂在养心殿燕禧堂的槅扇上。至于当初这里的主人究竟是以怎样的心态提起朱笔勾勒这些文字的，也就不得而知了。

这种文字版的消寒图后来也传到了民间，而且那犹如春风拂面的诗句还有了丰富的变化。有写"待柬春风重染郊亭柳"的，有写"春前庭柏风送香盈室"的，有写"院庭春染幽巷草垂盈"的等等。不过不管怎么变有两个要点始终如一：每句九字每字九笔，这是其一；更重要的是，每句话里必得有个"春"字。毕竟，描这张图的目的就是盼着开春儿。

同样是描字，民间却比宫里活泛得多，描起来可以变换不同的颜色。比如，晴天用朱红、风天用土黄、阴天用天蓝、雪天涂上银白的铅粉……若是在最后那个字上出现了几笔翠绿，那就表示微雨开始清洗冬日的沉重，瓦垄里丛生的枯草已然慢慢返青。进了惊蛰，春天一晃就到。

# 御功夫，天桥乐

天子脚下的北京城，好些看上去挺粗俗的玩意儿仔细琢磨起来却都渗着股子贵气。若是捯起根儿来，兴许还能跟皇宫大内扯上关系。就比如老北京天桥的撂跤。它曾在京城盛行了几百年，真正做到了雅俗共赏——雅到皇宫大内，俗到天桥地摊儿，撂跤的身影无处不在。它曾经历过王朝更迭，受到过百姓追捧，却在近三四十年戛然止息。

老北京话里并不说摔跤，而是叫"撂跤"。为什么呢？大概是因为京跤的规矩是撂倒为胜，点到为止，并不需要非得摁着对方肩膀着地。撂跤也叫掼跤，这门功夫原本不在民间，而是出自宫廷。历史上康熙爷拿鳌拜，靠的是一群演练

207

布库戏的小伙伴。所谓的"布库戏"就是满族风格的跤术。后来为了嘉奖这群立下大功的弟兄,康熙下旨专门设了善扑营,训练精于此道的职业高手。营里那些虎背熊腰、结实漂亮的跤手就叫作"布库",老百姓们叫俗了成了"扑户",也有的人叫成"扑虎"的,听着都透着威风。

若论社会地位,那时的善扑营可远远要胜过现在的国家摔跤队。这支由亲王、贝勒统领的队伍直接归皇家调遣,担任着皇宫侍卫、八旗教练和御试武进士的执事等等重要差事。善扑营的比赛也不仅是宫廷表演,更是朝廷宴请蒙古王公时与草原来的跤手们切磋的重要礼仪。营里那些扑户属于典型的国家公职人员。

善扑营分东、西两营,训练起来各有特色。东营注重力气,西营讲究技巧。东营看的是块儿,西营练的是绊儿。每逢正月十九的宴九大赛,皇帝要亲率百官到中南海紫光阁小金殿观看两营比武。但见扑户们分列两队,身穿用厚白棉布纳成的短袖跤衣——行话叫褡裢,扑户视为至宝。腰间扎着用骆驼毛织的中心带,行里人也叫辫子。下穿长裤外罩套裤。脚蹬一双螳螂肚似的黑靴子。一个个腆胸叠肚,八面威风。真个是胖大的魁梧,瘦小的精神。

抽签之后摆开架势，两两对阵。扑户们一个个两腿踩着节律跳跃着，恰似腾云驾雾，可脚底下的每一步却都扎实稳重，落地生根。那柔韧的腰腿就像充满力道的蟒蛇。两条粗壮的胳膊画着弧线悠起来，看起来犹如架上荡着的黄瓜。这是一种典型的跤架，叫黄瓜架。忽然，两个人像一对舞动的大蝴蝶轻轻一触，刚一搭手，这个抓握对方腰间的辫子，迅速借手拉腰，打闪纫针般进肩入胯，低头直腿，紧底手翻上手，猛地将对手从背上摔到面前。功架优美大方，动作干净利索。胜利者向座上请安报号，可以晋级为高一等的扑户。失败的倒地时也要有个样儿，纵然输了也不算寒碜。双方并不死缠烂打，输赢都得亮出谦谦君子的风范。

渐渐地，北京民间出现了私人开的私跤场，在这里历练出来的头等跤手能有机会被保送到善扑营去当候补。这无形中给百姓家的孩子提供了一条不错的谋生途径。有道是"穷文富武"。皇家御用的善扑营享受着非常优厚的待遇，不仅有俸禄，一年到头还有机会得到各种赏赐。能成为一名御扑户，那可是件非常体面的事，一时间京城里撂跤之风大盛。政府的提倡和保护促使这门功夫发展了两百多年，也精致到登峰造极。不但有着"大绊子三百六，小绊子赛牛毛"等等复杂的技巧，其中所包含的规矩、礼数乃至道行已然发展成了一种独特的文化。

然而，时过境迁。清王朝灭亡了。善扑营解散了。营里的老少爷们儿丢了"铁杆儿庄稼"，只能自谋生路。可昔日尊贵的御扑户们除了撂跤没有任何别的手艺。于是，有门路的开馆收徒或做起小买卖，没本事的卖力气扛大个儿。不过，他们并不乐意下海卖艺。因为在他们看来，扑户是体面人物。掼跤是宫廷功夫，哪能和杂耍儿一样当街撂地卖艺呢?

可话又说回来，人要是饿急了，为了养家糊口也就顾不得体面。民国初年，有个姓王的老扑户，因为脑袋上长个肉瘤，人送外号肉包儿王三，穷得实在没辙了，披着两件旧褡裢在什刹海荷花市场前围个场子，专给过往的游人演练说跤。从此，京城的繁华地段和各大庙会也就渐渐有了撂跤卖艺的场子。昔日天上的御功夫一下子掉在了地上。可它没有被摔死，反而钻进泥土里生根发芽，在自由的状态下演变成了土生土长的北京功夫。

要说老北京的跤场就不能不提天桥。最先在天桥撂地摔跤的是沈三——中等身材，细腰窄背，双肩抱拢，好一副"贯"字形身板儿。沈三从小得到做过御扑户的父亲真传，练就了二五更的童子功。他撂起跤来身手活泛麻利，使出绊子干净利索。本来他下场子纯属给朋友帮忙，可后来阴差阳错真就下了海，带领着一帮酷爱撂跤的穷兄弟，围起一圈板凳，中间垫上黄土，以撂跤卖艺为业。当时逛天桥的各色人等谁不想瞧瞧这皇宫大内里传出来的俊功夫？尽管跤场上摔的并非是实战的买卖跤，但双方默契的配合天衣无缝。撂的那位亮腰亮腿透出范儿来；倒的那位四肢舒展也绝不拉拽。什么吸搂刮判拍，崴靠闪拧揣，还有潇洒漂亮的大、小德合勒……这精彩的表演既好看又幽默，给天桥的游客们带来了从未有过的乐呵。就这么着，原本皇家御用的撂跤之术在天桥站住了脚并逐渐演变为一种民间艺术。那一年是民国十年，沈三才二十几岁。

跤手们本来是在用自己的看家本事谋生存，不成想歪打正着，却对这门两百多年的独特功夫进行了传承和发展。天桥撂跤的另一位标志性人物是宝三。虽说比沈三晚几年出道，但宝三跤场却从民国一直红火到了上个世纪60年代，是天桥历史上生命力最旺盛的场子。宝三也堪称一代奇才。他从上个世纪30年代起就在全国性运动会上夺冠，而且培养出大量的摔跤人才，成为后来中国式摔跤的中坚力量。现在许多上了岁数的北京人还能记得那位个子不高却肌肉结实的宝三，站在那儿架势漂亮，摔起来出神入化，他的跤没有争强斗狠的角力，而是给观众一种行云流水般的美感。

宝三不但跤摔得漂亮，而且还要得一手好中幡。三丈高的幡杆上彩旗飘飘、风铃悦耳，宝三要得是变化莫测，跌宕起伏。但见宝三把碗口粗的中幡从左胳膊腾空跃起传到右胳膊上，再从前胸环绕到后背，是越绕越快，越绕越利索，忽地将高高的中幡竖直抛向空中，落下的刹那猛然抬头挺胸，用鼻子稳稳地接住那颤巍巍的幡托——这一招就是惊险刺激的"断梁"。中幡就是宝三跤场巨大的幌子。中幡这么一晃，招揽得全天桥的游客都往这儿聚。

不同的环境必然带来不同的影响。天桥的跤和宫廷跤并不完全一样。俗话说："天桥的把式光说不练。"这话不能说全对，可也确实有那么点意思。要是真的一直不练，游客也就走光了。但天桥的跤场发展到后来确实是说得多而练得少，甚至有些顾客是专门来"听"跤的，还起了个雅号叫"武相声"。

什么叫"听"跤？就是听场上两位手拿褡裢赤裸脊背的摔跤艺人一个说来一个帮腔的开场白："怎么着伙计？这人

212

不少了，天儿也不早了，大伙儿看咱俩大冷天光着膀子干什么呢？""我们哥儿俩是掼跤的。这当初可是伺候皇上的玩意儿。那位爷说咱长得丑？这就对了！摔跤讲究不求一帅，但求一怪……"说的内容有掼跤常识，有北京风俗，也有天桥趣闻和社会上的种种乐呵事儿。直说到把看客的兴致都吊起来了，哥儿俩才挺着瓢似的肚皮一边遛着一边双手高举褡裢大喊道："让过诸位。"顺势穿上褡裢，扎好腰间的辫子，再向看场子的师傅说句："您给看着点儿。"然后才对着跳起黄瓜架。或抢手，或蹬把，抬腿拌绊，上下纷飞间不仅有不失真功夫的潇洒跤艺，还要有令人捧腹的轻松包袱。虽说是表演性质的活跤，却以这种特殊方式保护了古老的国粹。这一传，又是半个多世纪。在老北京，有没进过戏园子的，没有没看过摔跤的。

跤场上的跤以假摔居多，可也确有真摔的时候。比如同道之间的切磋，行话叫作"过过汗"。较量的双方都会很当回事，那必是手法严谨，绊子瓷实，蹦拱缠绵间蕴藏着深厚的劲道。有时候你来我往谁也抓不住谁，能僵持半个钟头不见跤。遇到这种情形，看场子的师傅就要大喊："摺！"催着双方主动进攻。也许话音刚落，一方就瞅准机会左腿跪打

213

对手右腿，用头顶着对手胸口，拧腰转胯使出一招利索的小德合勒把对方摔倒在地……京跤讲究的是个功夫，而不是斗蛮力，况且同道之间过招通常都是点到为止。因为若抿根儿，大伙都是善扑营出来的师兄弟，相互帮衬才是本分。

还有一种真摔其实也算不上真摔，就是业余跤手来跤场长见识、试身手，或是玩跤的朋友来帮场子，其实都是花钱来求指导的。无论哪一种，场主会专门挑选手上有准儿的伙计陪着摔，不但要保护他们别摔伤着，而且还得看着他们倒了别砸着观众。虽说是穿上褡裢下场子死伤无怨，但真要出了事儿这跤场也就甭想摆了。

通常跤场是不跟生人比试的。大家心里明白，摔地是为了养家糊口，而不是为了争强斗狠。对那些挑事捣乱的人，跤场的主人们大都非常客气地回避，甚至表现得有些谦卑。多少年来，跤场上的规矩就是"上场如虎，下场如羊"。能服软儿、会服软儿也是一种生存的手段。不过，他们心里其实深藏着皇城根儿底下特有的那种自尊，也可以说有些自傲。他们不跟您玩儿，是因为觉得您不配。摔跤的从来没把自己当作演杂耍的江湖人。他们觉得自己练的是祖宗传下来的子弟玩意儿，是出神入化的御功夫。穿上褡裢往那儿一站，两脚生根，两臂如铁，从里到外都透着有范儿。

新中国成立以后，以古老的撂跤术为基础发展而成的中国式摔跤进入了正规的体育比赛。各级政府组织的摔跤队应运而生。同时，有着娱乐性质的摔跤表演非但没有止息而是走上了大大小小的舞台，就连天桥的跤场也一直延续到了1966年。那时候，北京不少工厂和街道都有自己的业余摔跤队。大伙儿不是为了参加比赛，更没有考什么级，纯粹是为了锻炼身体，娱乐身心。这不正是体育的本真吗？

十年"文革"，京跤像所有的传统文化一样受到了冲击和阻碍。改革开放的春风同样也赋予了它生机和活力。然而，经过了短短十来年的复苏，这一既是体育，又是艺术，同时包含着古老文化的运动突然跌入低谷。造成这一局面的，恰恰是本应以促进体育运动发展为目标的"奥运战略"。

因为奥运会没有，所以全运会当然要撤销项目；又因为全运会撤销项目，运动队当然解散了。这一系列貌似合理的逻辑直接导致了这一传承了三百年、雅俗共赏的项目几近冰点。而在冷落了属于自己的优秀传统的同时，却又非常认真地从娃娃抓起，四处开办柔道班、跆拳道班。一根无形的指挥棒，让属于未来的娃娃们根本不知道撂跤这一传统。他们从小就没见过褡裢。

作为体育项目，撂跤被替代也未尝不可。但，撂跤毕竟不单单是体育，它蕴含了太多的历史、太多的传统，乃至人文精神。而作为一种传统文化，一旦失去，永不可复。

传统文化就像一棵树。你呵护它、培养它，它可以成长发育，枝繁叶茂。你把它栽在野地里，它也会靠着根须吸取泥土深处的养分，虽未必茁壮，但也能顽强存活，甚至开花结果。可如果你在它周围有意识地种上别的大树跟它抢营养、争地盘，那它还真就长不太好，甚至半死不活。只有那深藏于泥土里的根须支撑着几段残枝，等待着春风吹又生了。

别人家树上的果子不是不可以吃。不过，谁又不希望能有一棵属于自己的大树呢？那曾经让几代人遮风避雨的树荫会让你踏实，那粗壮的枝干也记录了你的成长过程。而当你的子孙后代背靠大树乘着凉，享受甘甜果实的时候也会心生自豪吧？——看，这是我家的树，我爷爷的爷爷种的，我家几辈子吃这树上的果子长大。

# 壶在，茶温，人已远

　　一说茶馆，人们保准想到老舍先生的杰作，人艺舞台上那出经典的话剧。精明的王利发，耿直的常四爷，胆小的松二爷，以及那个说媒拉纤、心狠意毒的刘麻子……舞台上呼之欲出的众生相，勾勒出一群土生土长的北京人。遗憾的是，当初那些红极一时的茶馆在现实生活中早已消失殆尽。慢说是还在经营的，怕就连一个瓦片也芳踪难觅了。

　　好在凡事皆有例外，现如今京城里还真幸存了那么一处民国初年的茶馆遗迹。不仅是位置绝佳，而且在这儿上演过的人生大戏比上舞台那出还要精彩不知多少。这就是中山公园里的来今雨轩。所谓"壶里乾坤大，杯中日月长"，这儿的壶里流淌过半部民国文化史，这儿的茶水滋润过北京的文脉。

北京从前没有公园。北海、景山属于皇家御用，百姓想要散心解闷只能逛逛天桥、厂甸，遛遛什刹海。民国三年，紫禁城西社稷坛被改造成了第一处平民也能进得去的公共园林。于是，京城有了一种新的生活方式——逛公园。

逛公园图的是闲适和散淡，所以也叫"闲逛"，这不同于现在走马观花的旅游。人们来公园一泡大半天，为了休息，也为了交际。于是公园建成不久，几处供各色人等品茗休闲的茶座就应运而生了。在公园西路几百年的古柏下面有继承了前清遗风的明春馆，总能看见一些身穿马褂的遗老遗少端着盖碗轻啜慢品，在此聊些个陈年往事，结果被叫作老人堂。离此不远的柏斯馨名为茶社却不见茶，卖的是用木质铁皮大冰柜存放的冰镇柠檬水和冰激凌，当然也少不了法式面包和咖喱饺。来这儿消费的青年象征着时尚与摩登。两家茶社反差强烈却互不相扰，体现了变革时代特有的风气。

最能包容兼蓄的还数紫藤架旁的长美轩，室外的茶座清爽豁亮，木桌藤椅，一壶茉莉香片好不惬意。仲春时节，店家摘下串串盛开的紫藤花做成藤萝饼，那份宜人的酥香成了

218

来今雨轩旧影

不少老北京一辈子的念想。有逛累了的家庭围坐小憩，也有夹皮包的职员闲坐聊天。茶座前的空场上常见人切磋太极推手。曾经有人看到过一个瘦小老者推得一壮汉腾空飞起，跌坐在一把藤椅上，椅子粉碎，壮汉脸色煞白，拍拍屁股站起来，没事儿。

氛围不同的三家茶社各有传奇，却给气质迥然的游人提供了同样惬意温馨的休憩之地，也在动荡岁月里安顿过太多人心头的忧虑和烦闷。只可惜如今都是人走茶不在，那幽幽茶香早已消散在典雅的景致深处了。

如果说西路的三家茶社里尽显世间百态，那东路唯一的茶馆简直就是世外桃源了。这间雅室至今还在，就坐落在从公园南门进去不远处一座宽敞的庭院里。院子的南端横卧一块巨大的奇石，那是圆明园遗物"青云片"。她和颐和园乐寿堂前的"青芝岫"本是一雌一雄，合称小青、大青。乾隆皇帝当初似乎更钟爱这块小青，不但亲提了石名，还前前后后撰写了八首诗镌刻其上，歌咏小青的"独透"。如今的"青云片"嶙峋突兀，似断似连，宛如一位饱经世故的老人半梦半醒，不经意地倾听着红墙外的嘈杂，很少有人来打搅他了。

庭院南面，一块奇崛的石景后头，正对着的是坐北朝南一拉溜五间高大的厅堂，古朴而有风骨。朱漆廊柱后素雅的红砖墙上开着一排瘦长的绿框玻璃窗。正中豁亮的大门中西合璧，透着股子民国范儿。门正上方悬一块乌漆金字大匾"来今雨轩"，字迹方正，气韵浑厚。很多人以为这就是当初徐世昌的手迹，其实不然。最初的那块老匾 1966 年被摘下来当了案板，后来不知所终。现在这块是"北学"宗师郭风惠先生上世纪六七十年代遵照周总理指示题写的。在那个特殊的年代，匾上并没留下落款。

"来今雨轩"这雅逸的名字源自杜甫的诗，意味着新老朋友来此相聚。而曾经相遇于此的朋友们几乎个个都能呼风唤雨，让清淡的茶汤里激荡起一波波风云传奇，也使这不大的空间成为上世纪初最风光的文化圣地。陈师曾、张大千等大师在这儿办过画展；吴清源来此摆过棋局；梁启超宴请过罗素，畅谈如何救中国；周作人、郑振铎、叶圣陶等人组织的文学研究会也诞生于此。茶社刚刚建成不久，瘦长的玻璃窗下还上演了一出惊世骇俗的英雄美人戏。

民国四年的那个深秋，蔡锷带着小凤仙踏着落叶佯装来这儿闲坐，于缈缈茶气间巧妙地甩掉跟踪的密探，摆脱了袁世凯的羁系。从此是"百年预约来生券"，英雄走上了讨贼护国之路，美人演绎了剑胆琴心的千古情。

这间朴雅的茶室不止一次影响了中国的命运。蔡锷走后第五个年头，一位穿青布长衫留着大胡子的北大教授信步走进茶室。他在这儿主持了少年中国学会的第一次会议，操着乐亭口音倡导"本科学的精神为社会活动，以创造少年中国"，他就是李大钊。追随他的会员后来真的改变了中国，他们是高君宇、邓中夏、赵世炎、毛泽东……

鲁迅先生更是喜欢这里的氛围。据《鲁迅日记》记载，来今雨轩刚刚开业不久他就在此饮茗会友。在京居住的十四年中，他来过这里八十多次。先生伴着茶香翻译出了"成人的童话"《小约翰》，也津津乐道于这里出名的点心——冬菜包子。作家许钦文记载过当初做穷学生时，有一次在来今雨轩拜访老师鲁迅。先生特意买了一盘刚出笼的包子，等到热气渐渐散去不再烫手了，先生只拿起一个，用另一只手把那装着包子的盘子推到他面前，微笑着说："这里的包子，可以吃。我一个就够了，钦文，这些就由你包办吃完罢！"一件小事，体现出师生之谊，见微知著，也展示出这位民族精魂的细腻心思。

与鲁迅文风迥异的张恨水也是这里的老茶客。这位鸳鸯蝴蝶派的大师曾经在1929年的那个夏天常常泡在后院的茶座上。树阴藤影，透着凉快。斑驳的光影里一杯清茶一支笔，张恨水静静地创作出了流行小说《啼笑因缘》，勾勒出凸显北京韵致的百转愁肠。小说出版后立刻风靡于世，以至于一时间上至文化名流下到风尘歌女无不以谈论家树与凤喜、秀姑、何丽娜的情感纠葛为时髦，也让太多的读者在品味小说里繁杂缘线之后变成了不折不扣的天桥迷。世间只有情难诉。关于爱与怨的故事是永恒的。旧日的天桥早已不在，可几十年来《啼笑因缘》被十几次改编成电影和电视剧，其中悲欢离合的幻影打动着一代代痴男怨女。只是很少有人知道这个故事和来今雨轩的关系。

东有青竹，西有翠柏，奇石古藤点缀在廊前屋后，来今雨轩真是个激发灵感的好地方。1936年，才女林徽因受萧乾之托选编《大公报文艺丛刊小说选》期间，时常在来今雨轩举办茶会，请上十几个朋友一边喝茶一边集思广益。品茗叙谈之间也兴致盎然地遴选出一篇篇精彩的文稿：有萧乾的《蚕》、沈从文的《箱子岩》、沙汀的《乡约》、老舍的《听来的故事》，也有她自己的《模影零篇》……带着浓重的悲悯与同情，鲜明地表达着林才女追求的"诚实的美"。

其实，来今雨轩之美又何尝不在于"诚实"呢？正如一杯生香的茶汤，貌似清淡寻常，却蕴含了无尽的甘美。深深体味之后怎不让人肌轻骨爽、心通仙灵呢？而那滋养出至味的灵芽正是一群曾经集结于此的茶客——那些众多的京派文人，正是他们的才情创造出了一个灿烂时代。

"最难风雨故人来。"如今，与天安门广场只一墙之隔的来今雨轩静寂安然，宛如喧嚣尘世中的一方净土。见不到旅游团来参观这老茶馆的孤品，也很少有人提起这一个时代的文化符号了。阳光里，只有大白猫舒服地依偎在民国时代的地砖上，仿佛为了沾上些灵气。偶尔还能碰见一家老小推着轮椅上的老人过来转转。也许那白发苍苍的老太太会颤巍巍地说："六十多年前啊，我和你爷爷就是在这儿结的婚。"

壶在，茶温，人已远。后院里的紫藤花开了，轻轻地放着香，没有人知道。

# 洋玩意儿与土器物

现如今吸过鼻烟的人真是不多见。我曾请教过一位吸过鼻烟的内画大师，问鼻烟到底是什么样的？吸起来是个什么感觉？才知道那玩意儿是用上等烟草混合了麝香、冰片等等名贵药材研磨成的极细的粉，有嫩黄的，有老黄的，还有紫黑色的。据说上等鼻烟需要密封起来，陈化好多年才能够卖。卖之前还要用茉莉花把烟味提出来，闻起来透着那么清香新鲜。用手指尖抹上一点在鼻孔边上，然后深深一吸，顿觉一股淳厚酸辣之气直冲脑门子，"咔咔"两三个喷嚏一打，提神醒脑，整个人顿时就精神了。

正是因为这玩意儿不仅能开鼻通窍，还能驱寒冷、治头眩，所以自从利玛窦把它带进北京进献给万历皇帝那时候起，就渐渐在京城扎下了根。到了清代中叶，闻鼻烟已经成了京城里上流社会普遍的雅好，以至于曹雪芹在《红楼梦》里专门安排了贾宝玉用鼻烟给晴雯治疗感冒的情节。

鼻烟本是洋玩意儿，而且现在不常见。有意思的是现代大多数人知道这个词并不是因为鼻烟本身，而是通过盛放这种洋玩意儿的土器物——画着内画的烟壶。

现在常见的烟壶鸭蛋大小，水晶一般光润剔透，雪白宣纸似的内壁上勾勒着精美的书画作品，或秀丽灵动的山水花鸟，或俊朗细腻的人物肖像，或飘逸古朴的真草隶篆……无不透着那么气韵生动，那么文雅精致。与鼻烟不同的是，这种画着内画的鼻烟壶却是地道的北京货。

或许在西方人眼里鼻烟更像是药物，所以当初利玛窦装鼻烟的瓶子就是锡制的小药瓶。可既然传进了咱皇宫大内，也就必得讲究起来不是？康熙年间宫里的造办处专门设计出了口小肚大的专用鼻烟瓶，不仅有金属的，还有陶瓷的、水晶的、料器的等等。瓶口用特制的玛瑙盖子封严实，盖子里还插着一把扎鼻烟用的袖珍小勺。只是那时并没有"烟壶"这个称谓。那时的鼻烟还叫"士那乎"。"鼻烟"这个中国名是雍正皇帝亲自给起的。

受皇帝影响，宫里宫外的人都对这带着洋味儿的新鲜玩意儿爱不释手。到了乾隆年间，在那位热爱艺术的皇帝的引领下，这能攥在手心里把玩的小瓶子简直发展成了一种精湛的工艺品。单说使用的材料就无奇不有，什么玉器、石器、料器、瓷器、竹器、木器、象牙、牛角乃至鲨鱼皮等等一应俱全。甚至长在树上的石榴也能让匠心独具的艺人做成烟壶。据说石榴烟壶要在石榴长得不大不小的时候把籽抽出去再套上模子，让石榴皮既不破裂也不干瘪，培养过程相当复杂。而烟壶的制作技艺更是集工艺美术之大成，雕漆、雕刻、花丝、金漆镶嵌、烧瓷、景泰蓝等等无所不用。单是玻璃就有单色玻璃、套色玻璃、金星玻璃、珐琅彩玻璃、搅胎玻璃等等好多种。

北京人喜欢玩儿，而且玩儿得认真，玩儿得下功夫。什么玩意儿经北京人之手一摆弄必能玩儿出彩来。以至于到了后来，竟然在手心里的烟壶上诞生了一门独特的艺术——内画。这种技艺集传统书画与烟壶制作工艺于一身，于方寸间展现绘画之精妙、书法之俊美，正可谓壶小乾坤大，让小小的烟壶蕴含了深厚的人文底蕴。外行人往往猜不出这"鬼斧神工"的艺术品是怎么画出来的，甚至有传说是半夜三更狐仙钻到烟壶里画的，所以又叫"鬼画壶"。

内画当然是人画出来的。不过究竟是谁发明的并没有明确记载。有一种说法是，曾经有一个外地小吏进京办事寄宿在京郊的一个古庙里，跟和尚聊天的时候无意间掏出身上带的玻璃烟壶正打算吸，却发现壶里的鼻烟已经没有了。于是就一边说话一边用小竹签刮烟壶内壁上黏着的那点残存的烟末。刮着刮着，忽然觉得那棕褐色壶壁上一道道深深浅浅、疏密弧曲的刮痕仿佛条条竹枝，于是信口说道："瞧，我这不刮出一幅倪瓒的《竹枝图》吗？"说者无心，听者有意。小吏走后，和尚没事就琢磨这事儿，用长长的竹签子做成带钩的笔在玻璃烟壶里反复勾勒，就这么着，竟发展成了独门绝技——内画壶。

遗憾的是，和尚并没有在内画上落款，也就没有人知道他怎么称呼。现存最早的有落款的内画反倒是一个并不专画内画的岭南派画家的作品，他叫甘恒文，时间是嘉庆二十一年（1816）。

北京人从来不拒绝新鲜玩意儿，而且还能把新鲜玩意儿充分本土化，甚至玩儿到登峰造极的地步。到了晚清，京城里上至皇亲国戚，下到平民百姓，吸鼻烟已经蔚然成风。而描绘出世间万物、人生百态的内画也使烟壶的艺术水准达到了巅峰。当时京城里有所谓内画四大名师之说，分别是马少宣、叶仲三、周乐元、丁二仲。内画壶真是个好玩意儿，京城的老少爷们儿泡茶馆或逗蛐蛐儿时，谁若是能从怀里掏出个带着四大画师落款的烟壶把玩，那可是一件体面的事。小小的烟壶彰显出主人的文化素养、审美习尚乃至心理特征，代表着身份和品位，承载了其他玩意儿所不具备的独特的精气神。更有意思的是，民国以后，吸鼻烟的嗜好渐渐被抽纸烟取代，可原本只是包装工具的烟壶非但没有被淘汰，反而因为有了精妙内画所赋予的灵魂而独立存在并且传承至今。这不能不说是个奇迹。

京城的手艺人崇尚功夫，追求的是用常见的器物展现深厚的功底。内画和这种艺术精神简直是天作之合。一个平常的小玻璃瓶，先要灌进金刚砂反复来回摇晃，把那原本光滑的内壁打磨出类似宣纸的效果。然后要一手握稳烟壶，另一只手用竹签子做成的带钩的狼毫笔蘸上颜料伸进细小的壶口细细勾画。那在弯曲壶壁上勾勒出的每一笔只要画上就不易涂改。画到最后，若是不留神错上一笔，则前功尽弃。特别值得一提的是，和通常的绘画不同，画内画时必须反向落笔。不光所画的图案跟眼睛看的完全相反，而且连描绘的顺序也是完全相反的。就比如要画只老虎，正常的顺序是先画头再画胡子，可内画需要反过来，先画胡子再画头，这样从外面看起来那胡子才能长在头上。练就这手别扭的功夫不仅需要极大的耐性，还需要敏锐的反应和很高的悟性。所以真正掌握这门技艺的工匠并不多，最盛时也不过百人。

老手艺人往往把手艺看得比命还重，这种极端的敬业让他在收徒的时候讲究宁缺毋滥，碰不到得意门生情愿把本事烂在肚子里也不外传。而且画画的又不同于一般的工匠，他们在自尊自傲的同时还多了几分懒散和随性。这就使得当初京城内画四大名师里除了叶仲三的手艺传承至今，其余的已基本见不到了。据说现在北京城里能画一笔好内画的人不足十位，追根溯源全是叶派弟子，而其中堪称大师的只有刘守本和高东升师徒二人。

稳健持重的高东升先生是叶派内画的第四代传人。他的画风典雅、端庄，流露着京城特有的古朴与大气。更可贵的是，作为六〇后的高先生除了可以画出整套《百子图》《清明上河图》等形神兼备的传统题材外，还借鉴了油画的手法创作出惟妙惟肖的人物肖像，那生动的气韵流淌着东方的笔墨情韵，又融进了西画的光影变化，简直比照片还要活灵活现。当丹麦女王玛格丽特二世从他手中接过绘制着自己头像的水晶内画壶时，也不禁惊喜地睁大了眼睛说道："太漂亮了。我非常喜欢。你真了不起！"

烟壶本自西方来，经过在北京城里两三百年的锤炼融合，让北京人玩儿到了极致，竟然演变成了精致的玩意儿。现如今，它又走出国门漂洋过海去了西方，受到了比在北京热烈得多的追捧。其中意味，岂是一个小小的烟壶能够承载得下的？

# 把家虎，守财猫

小花猫，

上河西，

扯花布，

做花衣。

…………

　　北京的童谣，有许多与猫和老鼠有关。兴许是北京的老房子多，自然老鼠就多。不过北京人管老鼠不叫老鼠，而叫耗子。清朝有一本叫《晒书堂笔》的书里说："京师邸舍，鼠子最伙，俗称耗子，以其耗损什器也。"可见，因为老鼠经常咬坏各种物件，耗费了许多有用的东西，才得了这个称呼。

耗子是不招人待见的东西，猫自然就成了最受北京人欢迎的宠物。老话说，是猫就避鼠。过去北京人家养狗的并不多，可养猫的却大有人在。这么说吧，北京的四合院里几乎没有不养猫的，随便您走在哪条胡同里一抬头，房檐上必定能见到猫的身姿。

四合院里养猫还不光是为了避鼠。在老北京，猫被看成是吉祥的动物，颇有把家虎的味道。若是有一只大肥猫蹲在如意门的门槛上，那就代表帮着主人站岗守财，是再吉利不过的事情。从前，猫是不能买卖的，因为卖猫让人觉得有败家子儿的嫌疑。各家养猫的来源，从来都是亲戚朋友间作为礼物互相馈赠的。

猫与北京人的生活息息相关，乃至影响到北京人的语言。比方说：夏天的晚上小孩子们爱在胡同里玩"藏猫儿"。十冬腊月，家家户户挂上厚重的蓝布棉门帘待在家里不出门，那叫"猫冬"。说谁喝酒没出息叫"灌猫尿"。比喻做事敷衍叫"猫儿盖屎"……而小孩子们所说的"猫眼儿"并不是名贵的宝石，而是一种趴在地上玩儿的弹球儿。

我上小学的时候住在演乐胡同的一个五进大四合院里，院里十来户人家几乎家家养猫。那些猫的品种可谓五花八门，有浑身精瘦，金黄肚皮上带有白色斑点，表情冷漠的梅花豹；有圆头圆脑，性格灵异，通体皆黑，只在尾巴梢上长有一撮白毛的小垂珠；有举止优雅，奶白的茸毛上带着点状黄毛的绣虎；还有娇媚动人，全身纯黄而肚皮却是花白色的金被银床。在猫的眼睛里，这个院子从树棵底下到屋顶都是属于它们的地盘，其他院的猫甭想进来。而它们的领袖是沈阿姨家的大白。

大白是院子里资格最老的猫，当时已经十二三岁了，足有八九斤重，体态肥硕，浑身上下的长毛飘散着，白得发蓝，每一根都透着一股精神劲儿。它方头大脑，钢针一样的胡子总是硬扎扎地翘着，显示出自尊与傲气。很少见到大白跑，它总是半眯着那双中间有条褐色细线的蓝眼睛在院子里悠闲地溜达，偶尔庄重地蹲下来打哈欠，像是天安门前的石狮子。

大白最大的爱好是用舌头舔舔自己胖乎乎的前爪，然后给自己洗脸，似乎是为了随时保持王者的体面。它确实有领袖的范儿。其他院子的猫，只要看到大白在院子里溜达，轻易是不敢从房上下来的。偶尔有那不知深浅的野猫入侵了大白的地盘，结果都是被大白"嗷"的一嗓子给呵斥出去。至今我还记得大白驱逐野猫上房的样子——先是静静地蹲在墙角躬下身去，然后慢慢竖起那条又粗又壮的大尾巴，嗖的一蹿，肥硕的身体轻盈地在窗台上只一点，又一躬身，竟如一朵白云直接飘上了房顶。野猫还没等反应过来，大白已经威风凛凛地站在它面前发威了。据说大白年轻的时候曾经逮住过不少耗子，遗憾的是我一次也没见到。

大白的老婆叫小咪，是沈阿姨特意为大白讨来的一只五六岁的女猫。顺便说一下，在北京话里猫的性别不是叫"公""母"，而是分"男""女"。猫，也是除人之外唯一有资格这么称呼的动物。按常理说，猫是没有固定配偶的，但小咪的丈夫只有大白一个。倒不是小咪不花心，而是沈阿姨为了保证小咪下的小猫都是白色的小绒球，每到闹猫的时候就把小咪圈在屋里不让出去。

小咪体态修长秀气，虽然也是白猫，但颜色是那种奶白色的，小尖脸儿，薄耳朵，浑身上下看上去光溜溜的。一双海水一样深蓝的眼睛如碧玉般清凉。和大白的持重相反，小咪轻盈好动，总是不拾闲地在院子里到处乱跑，和这只猫逗

235

逗，跟那只猫耍耍，没有片刻消停。实在没事了，能捧着落在地上的半朵石榴花玩上半天。

不过，小咪也有特安静的时候。有一回，我见小咪蹲在我家门口，凝神静气一动不动，两眼直勾勾地盯着墙根儿。我好奇地故意去揪它的尾巴，要搁平时，它早掉头咬我了，可它只是使劲摇了几下，一声不吭，好像在示意我走开。我索性把它抱着放在院子正当间儿，它非常不高兴地"喵喵"直叫，然后又一溜小跑地跑回原地蹲着。我就纳闷了，它这是干什么？于是，我一边写作业一边里隔着窗户瞧着它。小咪呢，一直静静地蹲在那一动不动，任凭有人在它后面走动。大概过了两三个小时，我瞧累了，正要走开，突然，只见小咪轻轻抖擞了一下，浑身细细的白毛微微挓挲开，两只小薄耳朵也支棱起来，猛地蹿向前去，像一道白色的闪电，两只前爪死死地抓住一只刚刚探出头来的耗子。

"呀！抓住耗子喽！"我惊喜地叫出了声。小咪也异常兴奋地"嘶嘶"叫着，不过两只眼睛始终没有离开爪子里的猎物。我本以为它会一口把耗子吞下去，可谁知小咪却故意松开了爪子。那耗子受了惊，跐溜一下跑了出去。可晕头转向地没跑出多远，就被小咪从后面扑了上去，叼起来抛向半空。摔落到地上的耗子已经半死了，小咪似乎还不尽兴，又用两只前爪轮流扒拉耗子，像在玩一个小肉球儿。直到那耗子被折腾得没气了，小咪才把它叼到石榴树下的草丛里，扬长而去。从那以后我才知道，四合院里的猫，一般是不吃耗子的，它们逮耗子其实仅仅是一种游戏。

小咪下小猫的时候，就是院子里最快乐的时节。那必定是一窝四五个粉团似的小绒球，一个月大点时，这些小绒球就可以在院子里滚来滚去了。不管地上有什么小物件儿，都可以成为它们追逐的玩意儿——一个纸团、一片落叶、一截毛线头，它们都能百玩不厌，活脱脱一窝小白狮子滚绣球。小猫天性不怕人，只要有人经过，它们就叽里咕噜地滚过来，蹦蹦跳跳地用小爪子揪你的裤脚，摇摇晃晃地咬你的鞋，然后奶声奶气地"咪咪"叫着向你问候，那娇嗔细嫩的声音仿佛在说："跟我们玩会儿吧！"看到这群顽皮可爱的小家伙，即便此时有再不痛快的事，也能暂时抛到脑勺子后边，陪它们玩上一会儿。而院里的孩子们更是乐得放下作业整天和这些小绒球嬉戏，换得个笑逐颜开。不过，这些可爱的小家伙在院子里待不到两三个月就会都被人抱走。因为沈阿姨家的猫远近闻名，还没到下小猫的时候，就被预订一空了。

　　猫对于孩子，往往是玩伴，而对于老人常常是情感的寄托。很多北京的老人喜欢猫，把猫当成自己的孩子一样善待。夏天给它们洗澡抓跳蚤，天凉了给它们搭建温暖的小窝，铺上厚厚的棉被。即使是数九严寒，也不会封闭屋门下角的猫洞，而是在上面挂一个小棉帘子，为的是自家的猫咪半夜三更回来不至于趴在门外冻着。困难时期，老人们即使自己吃不上肉也要想方设法给猫弄点荤腥尝尝。那时候的菜市场常能见到舍下老脸捡带鱼头的老太太，就是为了拾掇出来给自家的猫改善一下伙食。若是猫不幸受了点伤，老人能一直抱在怀里伺候到它痊愈。如果哪只猫永远走了，老人能落下泪来，心里难受上好多日子。

　　养猫，其实是一件挺伤心的事儿。猫之于人，迟早是要分别的。无端地增加许多悲欢离合，很多人受不了。

# 小孩儿玩意儿

　　童年的欢乐，是与游戏和玩具联系在一起的。而那些简单的小孩儿玩意儿，又往往埋藏在人们记忆深处，潜移默化地影响了人的一生，乃至整整一代人。

　　上世纪六七十年代出生的孩子，小时候没有昂贵的电子游戏机。那时的玩具都很简单，也很朴素。比如用几块碎布头儿装些沙土缝起来，就可以做成沙包儿砍着玩了。课间十分钟，操场上五六个孩子一拨砍来一拨躲，玩得是群情振奋。有几个不愿意出教室的女生在座位上用沙包儿配上四个羊拐玩抓拐。小巧玲珑的羊拐涂上红红绿绿的颜色，正耳、反耳、正背、反背，也能玩个不亦乐乎。

操场上的女孩子自有属于自己的游戏，那就是把猴皮筋儿一根根接成长长的绳索跳皮筋儿。拉绳的人分别站在两头把皮筋儿套在身上相同的位置，从脚腕子开始逐渐升高以增加难度，个别高手甚至可以玩到单臂大举。中间几个小丫头子排列整齐，一边哼唱着童谣一边踏着节奏轻盈起舞，或点迈掏绕，或转摆踢踩，那皮筋儿在女孩子们的脚尖如五线谱般上下弹跳。

　　　　小皮球儿，

　　　　香蕉梨，

　　　　马兰开花二十一，

　　　　二八二五六，

　　　　二八二五七，

　　　　二八二九三十一……

　　这明快的旋律埋在多少妈妈的记忆深处！

　　儿时的游戏给我们带来过珍贵的童年，也带给我们永生的幸福回忆。尽管那些陪伴我们长大的玩意儿都相当经济，甚至只是曾经弯腰捡起的一片落叶。

寒露一过，秋风吹得杨树哗哗作响，街道两旁到处散落着已经泛黄的桃心形大叶子。放学路上背着书包的孩子们滴溜溜转着小眼睛四处寻觅，不时弯下腰去捡拾自己相中的杨树叶揣在书包里。在他们眼里，这不是落叶，而是上天所赐的绝妙玩具。

　　拔老根儿是属于秋天的游戏，无论男生女生都特喜欢。所谓老根儿，就是杨树叶子底下那一节手指长短的叶柄，而拔老根儿就是双方扯着老根儿使劲拔，比谁的老根儿更结实。

　　被孩子们捡起来的叶子往往是叶柄已经变黄或者发棕的那些，一捡就是一大把。回到家里，放下书包的第一件事不是洗手做作业，而是忙不迭地处理这半书包叶子——先把叶片都揪了去只剩下叶柄，再从那一大把叶柄中挑选出又粗又有韧性的。接下来的加工工艺可就有意思了。文明一些的女生是用盐水浸泡后再晾干了。而淘气的男生索性放在臭球鞋壳篓里，然后扎紧鞋带穿上鞋用脚丫子踩，这叫焖老根儿。据说这么做可以让老根儿变得更柔韧也更结实。上学的时候把焖透了的老根儿揣在兜里，只要下课铃一响，二话不说冲到操场，三五成群掏出自己精心加工过的老根儿，开战！两个孩子摆开架势，各自用中指和无名指夹住一根老根儿相互套牢，然后夹紧老根儿的两头使劲向自己怀里拽。谁的断了，谁就算输。

拔老根儿是有技巧的。不能用老根儿的中段，而要尽量用接近末梢的位置，那地方最粗壮，纤维也最耐磨。但见双方套紧老根儿，然后使出全身的力气往自己怀里拽。你断我一根，我断你一根，"啪、啪"的声响里夹杂着大呼小叫，玩得好不热闹。赶上双方势均力敌的时候，能把对方的人拽过来可老根儿就是不断。于是较量变成了摔跤，有时攥不住还能滑秃噜手。也有耍小聪明的坏孩子会做手脚，在激战中趁对方不注意迅速用指甲把对手的老根儿掐断，脸上露出诡秘的笑。真就有那无敌老根儿，磨得只剩下纤维了可仍旧所向披靡，给小主人带来无尽的享受。

上课铃响了，大家赶紧把各自的宝根儿揣回兜里跑进教室，操场上丢下一根根拉断的残根儿。在孩子们眼里，有了老根儿，秋天从不萧瑟。

男、女孩子喜欢的玩具是有区别的，比如绷弓枪就是男孩子的专利。胡同里长大的男孩子，哪个没有把绷弓枪呀？对于他们来说，这玩意儿比弹弓子有意思多了。弹弓子杀伤力大，可以套上石子打季鸟儿，甚至可以犯坏打人家玻璃，但通常不允许用于小伙伴之间玩儿打仗。而绷弓枪射出去的子弹是纸叠的，打在脑门子上顶多起个包，一般不会真伤着人。所以，绷弓枪就成了分拨玩儿打仗的必备武器。

绷弓枪的乐趣还不仅在于可以玩儿打仗，更在于那把枪最好是亲自设计，亲手用铁丝撅出来的。要做出一把既漂亮又实用的绷弓枪并不简单，必须找到那种铅笔杆粗细、长长的铁丝，先要根据自己手的大小算计好尺寸，再用尖嘴钳子捏紧铁丝一边相看一边左扭右折，撅成一把合乎比例的"手枪"，像是在完成一个立体的"一笔画"。枪头是两个左右对称的圆眼睛——这是用来套弹射子弹的猴皮筋儿用的，枪的后部有隆起来放子弹的弹夹，枪身的中央要用粗大结实的皮筋儿固定上一个弹射子弹的铁丝扳机。那长长的枪管还要用极细的铜丝一绕一绕整齐地绑紧。

能做出一把精美的绷弓枪会给男孩子带来巨大的成就感，攥在手上走在伙伴中间都透着那么神气。有那心灵手巧的孩子可以做出套在中指上使的袖珍手套枪，还有能连发两颗子弹的驳壳枪，绷出一发子弹后还能留一发防身。上了中学的半大小子甚至可以用废自行车链子做成枪管，加工出一把可以打火柴头的砸炮枪。

晚饭以后，胡同的路灯亮了，一群群男孩子举着各式各样的绷弓枪展开了激烈的巷战。各种画报纸叠的三角形子弹从电线杆子后头，从院门的门洞里飞射出来，在昏黄的灯光下闪现出五颜六色的光点，打在对手的衣服上"啪啪"作响。若是碰巧绷到哪个倒霉蛋儿的脑门子上，就会听到"哎呦"一声惨叫……那可比现在的真人 CS 过瘾多了。

男孩子必备的"装备"除了绷弓枪还得有一裤兜叮当作响的弹球儿。百货店里有卖弹球儿的，不过最体面的来路并不是去买，而是靠一个一个赢来。

滴溜圆的玻璃球儿从鸽子蛋大小的到小指肚大小的都有，花色更是各种各样。最常见的是清亮的透明球儿，好像是叫亮葛，发白的又叫白靛，发绿的又叫绿靛。放到眼睛前看外面的世界，世界变成缩小了的小人国。这种球最便宜，也最不禁碰，用不了多久表面就会砸出一个个白色的麻点儿，这就变成了所谓的"疤璃"。疤璃虽丑却有特别的用途，它是输给别人时候送出去的首选。比较好的球儿是猫眼儿，就是那种玻璃跳棋的棋子，有的地方也叫橘子瓣儿。猫眼儿个头稍小，透明玻璃中间镶嵌着扭成螺旋的彩色立体花纹，五光十色，专门用来攻击别人的亮葛。还有乳白色不透明的白龙和乌黑发亮的黑龙，上面带着几条彩色的条纹。这种球儿是瓷的，坚硬结实，可以作为看家武器，不过轻易没人舍得使。

玩弹球儿的花样很多，其中有一种叫打虎坑。玩起来像台球，还有些高尔夫的意思。在院子里或胡同边上找一片平整的土地，按正方形四个顶点的位置挖四个小碗大的圆坑。坑与坑之间相距一米来远，正中央的位置再挖一个稍大的坑。之后，在不远的地方画一条线，从这条线开始由近到远依次把夹在拇指和弯曲食指间的球儿弹进四个小坑，最后再弹进中央的大坑，最先弹进大坑者为胜。胜利者就可以按照约定赢失败者的弹球儿了。当然，要想赢球儿可没那么容易。因为是每人轮流弹一次，过程中对手会想方设法阻止你的球儿进坑。只见他趴在自己球儿落点的位置拿起弹球儿，俯下身去撅起屁股，眯缝起眼睛瞄准了你的球儿，拇指突然狠狠发力，指尖的球儿立刻像子弹似的"啪"的一声飞射出去，把你的球撞开老远。不过，如果他的胳膊也跟着往前伸了你就可以喊他犯规，因为他"大弩儿"了。

晶莹璀璨的弹球儿现在还有，可趴在地上玩弹球儿的孩子已经看不见。想来也是，现在街面儿上和小区里到处停着汽车，想找这么一块土地也不容易。即使在公园里，怕是也不允许你随便挖坑了吧？

　　一个人长大了，不管他走多远，永远也走不出童年。童年的情境、儿时的情感渗透在人们身上，只是不易察觉罢了。一次，我看几个戴着遮阳帽，穿着素色 T 恤，装备整齐的中年男子打高尔夫。随着"啪"的一声清脆的声响，球划过一条弧线飞落在远远的坑里。几个人"哈哈哈"开心地笑了，那笑声透着纯真，透着干净。恍惚间那几个身影就变成了当年胡同里打虎坑儿的孩子们，或站、或蹲、或趴，穿着圆领的海魂衫，背着褪了色的军挎包……

# 眯着眼睛听戏

人们常说乾隆盛世，可您知道最"盛"的是哪一年吗？是乾隆五十五年（1790）。

那一年，大清以空前的盛典庆贺功成名就的乾隆皇帝八十寿辰，连京城的大街小巷都沾上了喜庆气儿。西华门外，隔上几十步就搭建起一座五彩戏台。台上一桌二椅，委婉的二黄和轻快的西皮不绝于耳，台下是一群群兴高采烈瞧新鲜罕儿的看客。这个台方唱罢，那个台已登场，台上台下兴致淋漓，弥漫着几分浮华、几分奢靡。戏台的长龙绵延不断，一直排到几十里外西直门的高梁桥。

一个叫江鹤亭的扬州大盐商，为了给皇帝祝寿，在闽浙总督的推荐下，特意组了个叫"三庆班"的戏班，由当时的徽戏名角儿安徽人高朗亭领班进京献艺。三庆班原打算祝寿结束就打道回府，可谁承想那带着浓郁生活气息的一颦一笑、一起一坐，那白话风格的戏词，那疏密有致又富于动感的唱腔，让京城里上至王公贵胄下到平民百姓心脾顿豁，如入化境。结果三庆班的戏让人看得欲罢不能，于是索性留在京城里安了家，还带动了后来的四喜班、和春班、春台班纷纷进京。四大徽班进了京，这一驻就是百十来年，竟融化在北京人的神髓里，演绎出京城特有的韵致。

有一首童谣叫："三庆的轴子，四喜的曲子，和春的把子，春台的孩子。"说的是：三庆班的连本大戏最是过瘾，一出接一出，一轴连一轴，连续不断。四喜班的曲子很有听头儿，那昆腔之美，勾魂摄魄。和春班的武戏特有瞧头儿，打得那么优美、那么有性格。春台班的童伶最具活力，扮相纯净，俊朗可人。四大徽班的戏除徽调之外，还融合了昆腔、吹腔、四平调乃至梆子腔的曲调，明丽而多变。在扮相和身段上则是将诸家之长熔于一炉，丰富、漂亮而又不失雅韵。这种由粗通文墨的艺人所编的新戏让本来就好找乐子的北京人耳目一新，比之前流行的咿呀喁哳的"京腔"①似乎更符合八旗子弟们的趣味。

说来奇怪，根据大清祖制，在旗人居住的内城里是不能有戏园子的，要想去戏园子只能出城。然而皇宫大内里却搭着大戏台。畅音阁上演的是动用无数精良道具的整本大戏。锣鼓点儿一响，成群的伶人一唱就是十来天，每天从早到晚十来个钟头。那些精美刺绣缝制出的行头让台下的太妃、格格们看得是眼花缭乱，心旷神怡。想来也是，宫里的太妃、皇后、皇子、格格们整天吃饱了没事靠什么消遣？也就只有没完没了地听戏了，他们本来就有的是闲工夫。宁寿宫里每每唱者如云出岫，听者天昏地暗。而那些讨人喜欢的名角儿干脆被封为"内廷供奉"，专门为宫里服务。

宫里玩儿什么，街面儿上就兴什么。城墙里飘出的皮黄之声很快钻到了京城里那些有钱、有闲，还因为有些文化而很懂得怎么玩儿的达官贵人们的心坎里。听戏和学戏成了主流社会的生活时尚。尽管太平盛世在不经意间开始没落，但那些有钱、有闲的权贵依然有足够的实力和精神头儿专心致

---

① 京腔：明末清初在北京流行的一个戏曲品种。

249

志捧红一门他们所钟爱的艺术。

这门艺术实在是太深也太有魅力了！它集音乐、舞蹈、武术、文学、服装等等艺术于一身，可以演绎世间百态，让人回味无穷。它不仅可以欣赏名伶的演出，更可以全身心投入进去，在学习中不断玩味，不断自我欣赏。若是玩儿得地道，当然也是同道之间相互炫耀的资本。

于是，那些清早起来摇着鸟笼子出城遛鸟的人又多了一个营生，就是到城根儿底下对着护城河拉胡琴、吊嗓子，听那接着水音的回声在城墙之上回荡。他们开始玩儿戏，非常勤奋地玩儿戏。

戏可以使人上瘾。而玩儿戏本身也是一种"隐"的方式。谁会担心一个整天痴迷在戏里的人能篡权谋反呢？后来，甚至有了戏迷们自娱自乐唱着玩儿的聚会。不过这戏并不可以随便唱，必须经过内务府批准，并发给印着两条龙的龙票，这就叫作"玩儿票"，玩儿票的人互相称作"票友"，而玩儿票的场所一般是在某位贝勒、贝子家宽阔的厅堂里，那就是最初的"票房"。

鸦片战争的炮火声并没有对京城里歌舞升平的悠闲生活产生任何影响。伶人们越唱越精湛，票友们越玩儿越投入。

一门艺术就这样在唱者与听者的默契合作中孕育成熟。京戏诞生了。

京戏之完美几乎达到了无体不备，无美不臻。这门艺术汇聚了徽戏、汉调、秦腔之长，形成了生、旦、净、末、丑等完备的行当，借鉴了昆腔、京腔之美，甚至采用了有北京话特点的念白，称得上是中华戏曲之最高典范。有意思的是，在其最初"三鼎甲"的张二奎、程长庚、余三胜三位大师之中，号称"状元"的张二奎竟然就是票友出身——因酷爱京戏而下海从艺的官吏。可见京戏有着怎样的魔力。

艺术是供人欣赏的。欣赏这种高深的艺术本身还很需要些底子。当初京戏之所以能繁荣不仅靠的是几位名角儿，几位新文人依据演员天赋为其量身定制的剧本，更靠的是经过长时间熏陶出来的消费群体用了真金白银和不知多少时间抬举起来的。

到了晚清，经过几十年培养起来的戏迷队伍已经相当庞大、相当成熟，有的人甚至迷到在生活中一举一动身上都带着戏。就好比一个戏迷走出茶馆的时候，他会摇头晃脑地哼上那句："苏三离了洪洞县，将身来在大街前……"大清国一天天走向衰败，社会风气一天天奢靡。前门外一带逐渐成

251

了城里的各位爷出城找乐子的销金窟。在这儿可以下馆子请朋友吃饭。吃饱了可以泡澡堂子。泡够了可以逛大栅栏和廊房二条买东西……更重要的是，这一带集中着好几家戏园子，那可是能让戏迷们过足了瘾的好去处。

作为"富连成"科班根据地的广和楼终日爆满，古老的"凸"字形戏台三面都坐满了观众。有段相声叫《卖挂票》，专门说戏园子里的热闹。那些戏迷个个都是行家，他们并不关心剧情，甚至并不需要认真看台上的表演，而只是一边喝着滚烫的香片一边眯缝起眼睛沉醉地享受戏中的韵味，恰如其分地在节骨眼儿上喊出那一声"好！"刺激得演员超水平发挥。这就叫"听戏"。

戏园子是个让人松快的好地方。在戏园子里，各路人都能自得其乐。有喜欢轻巧花旦的，有沉迷俊俏小生的，有欣赏正气须生的，也有专爱听铜锤花脸的……在戏园子里人们还能感受到难得的平等。百姓可以和官员一起听戏，奴才可以陪主子一起听戏。布店掌柜屁股底下的那把椅子，兴许就坐过哪位贝子。对于戏迷来说，若是这一晚上能听上那么一句令人销魂摄魄的唱腔，就算没白大老远地从城里跑出来一趟。而且为了听到这句唱腔，他们还得在前门外找客栈住上一宿。因为，散戏的时候城门早就关了。

没过几年，腐败的大清亡了。靠俸禄过活的旗人变成了贫民，可他们也不乐意就这么擎等着饿死。当初潜心钻研过的戏派上了用场，于是有的下海卖艺，幸运的还能给新兴的权贵们说戏。其实很多的新兴权贵是从骨子里向往着旧贵族的优雅文化和与之般配的诸般享乐的。可怜那最没本事的旗人，也就只好终日哼哼着"半截寒窑度春秋"，带着身段和大杂院里的穷街坊一起摆小推儿、捡煤核儿了。不过这么一来，客观上倒让本来有些阳春白雪的京戏一下子融在泥土里，迅速在下层市民中得以普及。

到了民国，北京城里几乎是个人就能唱上几句皮黄。加之各大戏班将近百年的积累，先后涌现出了包括杨小楼、余叔岩、梅兰芳、马连良等等一大批优秀艺人，使京戏进入了空前繁盛的时期。据说那个时候的外国人对于北京的三大向往就是游长城、逛故宫和看梅兰芳。

外国人未必会听，但他们会看。梅老板的戏真美。看他的戏就像专注地凝视一朵正在绽放的花，眼见一层层花瓣的展开，释放出精细到极致的美。这样的美来自于梅先生深厚的昆曲底子。昆曲不是戏，是与楚辞、汉赋、唐诗、宋词

253

一脉相承的典雅的诗。那精湛、优雅的词曲间浸润着儒学的魂。世上之美,美不过花;花,美不过女人;女人,美不过昆曲。有昆曲为基础的梅兰芳的戏真格是比女人还要美。在外国人眼里,端庄典雅、精美绝伦的梅派京戏就代表着中国的艺术。

当然,在北京的戏迷心里,对于京戏之美的领悟可要比老外丰富得多。那是雅俗共赏之美,那是形神合一之美,那是中国戏曲无上之美。程砚秋的委婉深幽,尚小云的刚劲俏丽,荀慧生的妩媚娇昵,以及马连良那从容洒脱的身段、流畅华美的唱腔无不让戏迷们酣畅淋漓。甚至有人感慨道:看过梅兰芳的《霸王别姬》,听过马连良的《借东风》,这辈子就算没白活。而虞姬舞剑时伴奏的那段京胡曲牌"夜深沉",更是中国音乐的不朽经典。

上世纪50年代以后,京戏改名叫了京剧。原来由名角儿挑班的戏班变成了导演负责制的剧团。台上简单的一桌二椅变成了复杂的布景,名角儿的表演却不能像从前那么松弛和随性,即兴发挥更是不成。又有多少次与西洋戏剧和音乐的碰撞以及被政治运动所左右的经历,今天的京剧已然不是当初的京戏。

现如今，人们可选择的娱乐方式层出不穷。而类似于当初抬举起京剧的那些个有闲钱、有闲工夫、有些文化，又倾心于传统艺术的人已然寥寥无几。京剧昔日的繁华也只能是"旧梦苍茫云海际。强作欢娱，不觉当年似"了。

幸运的是，北京人的气韵里还残存着京戏的腔调。尽管京城的城墙早就不在了，但在公园湖边的早晨偶尔还能听见有人"咿咿呀呀"地吊嗓子，还能摇曳着几段细丝一般的京胡和明快的锣鼓点儿，还能听见有位老人用饱经沧桑的声音高唱着："我本是卧龙岗散淡的人……"

# 琴颂

琴棋书画，属于雅玩，其中，琴在首位。

这里说的琴不是扬琴、月琴、胡琴、提琴……而是特指古琴。梧桐做面，梓木为底，长三尺六寸五，头前有岳山，背后有龙池、凤沼，脚下踩雁足一对。十三个徽位象征了一年十二个月外加一个闰月。七根丝弦鼓之，弹之，抚之，发出玉与玉相触般悦耳之音，听如天籁，实为琴者心声。

古琴原本就叫"琴"。蔡元培先生在北大当校长的时候，成立了北京大学音乐研究会，为了显示和其他琴的区别，才改称为古琴。当时受西风东渐影响，北大经常举办公开或半公开的古琴雅集，邀请当时的名家演奏并讲座。

源自伏羲时代的音乐艺术也借此走进了现代大学的殿堂。而在此之前，弹琴和听琴，都只是三五相熟知己间的私事，或在文人书斋里，或在深深宫府之中。很少有谁拿出琴来在大庭广众面前表演的。

古琴从来不属于大众，而只属于少部分显贵达官和文化精英。而北京，又恰恰是这两路人的聚集之地。因此，自明清以来，古琴就和古都结下了不解之缘。无论是这里的文化还是财力，都把众多的名琴和名家吸纳进来——名琴收藏于此，名家研习于此。

北京有收藏古琴的传统。那些达官显贵，即使自己不会弹，也要藏上几张名琴。一是为了附庸风雅，二是当作古董保存。紫禁城里的名琴就更多了，不仅藏有木制的实用琴上百张，还有装饰性的铁琴、铜琴、石琴。历代留存下来的名琴，几乎都到过北京。其中大多数深藏于紫禁城的角落里，比如充满传奇色彩的大圣遗音。也有一些原本藏于民间，上世纪 50 年代以后才由故宫博物院收藏，比如最著名的唐琴九霄环佩，那上面刻有苏东坡亲笔题写的诗。还有一些名琴，若论归属，是某位有钱的收藏家的，却一直交给某位著名琴人保管、使用。琴在琴人手里，但琴人不是琴主。这也是京城里一个有趣的现象。

名琴不仅是乐器，更是古物，但又和其他古董不同。其他古董大多早已丧失了实用功能，只是个把玩的摆件。即使能用，也没谁舍得使。万一碰坏了，就不再是原来那件珍品了。但琴不然。琴是有生命的，是活的，是会变化的，只要装上弦就能弹奏出美妙的乐曲。

更有意思的是，传统的古琴谱只标明左手怎么按弦和右手弹奏的指法，并不标明音名、节奏。对于同样的谱子，不同人可以按照各自的理解弹奏得截然不同。所以，琴曲也是活的，演奏者同时也是创作者，充满了灵动的变化和无限生机。而这种不可再现的当下性，或许正是"琴"字底下的那个"今"想体现的妙义。

古琴可以历久弥香，也正是在使用之中才能散发出它的灵韵之光。不小心碰一块漆，甚至开裂是常有的事。怎么办呢？修呗！真正的琴人必会修琴，甚至还能自己斫琴。小修小补用朱砂涂抹裂纹，大的修理可以开膛破肚。一名高手，是可以体会到一张琴的声音变化和走向的，他甚至可以根据自己的理解对名琴的结构进行调整和修改。当然，敢这么动琴的人必是真懂琴的人，不仅懂音律，还得懂木漆工艺。不懂的人，轻易也不敢动。

　　说到修琴，就必得提到一个人。上个世纪40年代，故宫博物院把一张放在养心殿南库墙角里的破琴拿给他。琴被雨水淋了几十年，漆面上已是水锈斑斑，既没有弦，也没有调弦的琴轸，岳山也已经残缺不全。就这么一张破琴，经他之手精心修葺后，发出了爽朗清澈的旷世绝响，犹如"万籁悠悠，孤桐飒裂"。这琴，就是著名的唐琴大圣遗音，是肃宗李亨即位后的第一批宫琴。赋予这张琴新生的人，就是号称京城琴人第一的管平湖先生。京城里主要的名琴，几乎都是经他手修出来的。

　　作为清宫画师的后代，管平湖先生自幼学画、习琴。他早期追随慈禧的侄子、古琴名家叶诗梦和九嶷派创始人杨时百学琴。三十岁那年奇遇一僧一道——悟澄和尚指点了他指法，秦鹤鸣道士传授他绝响《流水》。加之他内心那坦荡清远的品格与古琴的清冽之音如鱼水交融，遂成融百家之长的一代巨匠。

　　古琴弹奏一般分为四大流派。山东诸城派，技法繁复委婉；江苏广陵派，意境清微淡远；四川蜀派，躁急中张弛有度；广东岭南派，明快得正如岭南的艳阳天。但管先生的琴声不属于任何一派，而又包容了任何一派。他的琴声里涌现出来的那种宁静，是唯有真心甘于淡泊的人才会有的宁静。其中蕴藏的那份从容、那份大气，那种淡定、那种放下，足以打动任何听者的心。对于弹琴，很难说谁是技法天下第一。但管先生琴里的独特情韵，确实做到了天下气质第一。就比如听他用西晋名琴猿啸青萝弹奏出的《流水》，是无以复加的干净、透亮。你一听就知道，那不是流水的声音，但，你会觉得，没有任何一种声音比那更能反映出流水带给人的感受。那涓涓心泉汇入汪洋之声，跨越了派别，跨越了民族，甚至可以跨越时空。

在管先生逝世十年之后的 1977 年，正是这首有两千年历史的《流水》，被刻在旅行者 2 号航天器上装载的"地球之声"金唱片里，成为其中最长的一首乐曲，也是唯一的中华乐曲，和其他二十六首曲目一道飞向了遥远太空。据说当时联合国教科文组织的官员听了《流水》之后，认为这首七分半钟的曲子是不能割裂的，也是无可替代的。或许，很久很久以后，地球已然不在，而管先生的《流水》还能够感动宇宙中的生灵吧？

古琴，左手按，右手弹，用的是指尖和指甲。若只用指甲，"啪啪"的声音太刚。可若只用肉，声音太柔、太闷，甚至听不见。所以弹琴讲究的是半甲半肉，刚柔相济。手端与弦相触只在瞬间，非常快，听者也就分不清是甲是肉了。数十年的弹琴使管先生的指甲完全退化，纤细的琴弦愣是把他的指端磨出了坚硬的肉茧，仿佛是甲和肉天然融合在一起，反倒是自然天成的刚柔相济了。

然而，即使是天下第一琴人，其实也是业余的。在家道败落之后相当长的时间里，管先生没有钱而只剩下画画和弹琴的本事。画是可以卖钱的，于是他卖画，卖扇面，甚至画过幻灯片。会修琴，当然懂木漆，于是他给别人修理旧家具、旧漆器挣钱。在老北京，玩琴的从来就没有职业艺人。琴对他来讲可以是雅玩，是修养，而唯独不是职业，也不是谋生手段，当然更不会入歌舞场卖艺。琴人只在感触极深时才会去弹琴。他们的琴艺也只呈献给能理解他的人，而不能变成钱。

弹琴是一种境界，听琴同样是一种境界。琴音入心之时，听者会觉得有一处纯净的幽泉汩汩而出，仿佛与身体里某个叫"松弛"的机关共振，瞬间开启了一种安宁的状态。弹琴和听琴都是极讲究的事情，而精于此道的人也都是内心高贵的人。他们或许现在很穷，但他们永远也摆脱不了精神贵族的派头和文人的影子。他们深信"一箪食，一瓢饮，在陋巷，人不堪其忧，回也不改其乐"。权贵们请他们弹琴也必得在相互尊重的氛围下大家一起玩儿。即使有些馈赠，也不能明码标价。若真是有了标价，那琴家也就真不乐意弹了。而所谓的雅集，也只限于三五知己。要是有陌生人在场，是不会轻易弹的。必得先坐下来喝茶攀谈，若是投机，再摆琴，焚香，弹奏。若不对路子，也就找个托词婉言谢绝了。因为，琴声是无处逃心的。琴者的情绪、心思，乃至气质、品性，会听的人全听得出来。谁又肯轻易对陌生人抛露心声呢？

改变这一局面的是成立于1947年的北平琴学社。受现代文化思想影响，几位当时的琴家组织了这个社团，广泛联系琴友，定期组织交流，让古琴的演奏和欣赏充满了新气息。1954年，在政府的支持下琴社改名为"北京古琴研究会"，对古琴进行系统整理和整体性研究。比如其中的查阜西先生，曾提着录音机走遍全国，录制了几百首各地琴师弹奏的曲子，对古琴曲谱的挖掘下了苦功。而他们的牵头人是著名的画家、琴家溥雪斋先生。

琴界尊称溥雪斋先生为溥老。他曾任教于辅仁大学，教授美术。作为惇亲王奕誴的孙子，末代皇帝溥仪的堂兄，溥老一直保持着旧贵族的气质。直到上世纪60年代初，他还会穿上银灰色长袍，脚蹬千层底布鞋。在院子里听琴的时候，他还要郑重其事地在脚底下垫上块毯子。护国寺附近的一所老宅院是北京古琴研究会的旧址。当初，推开那扇朱漆大门，光影里，躺椅上，人们每每见到一位银须老者倚在其中眯缝着眼悠然地前后摇曳着，偶尔端起茶几上鎏金镂空茶托里那个精致的茶碗喝上一口茶。淡淡的茶香和院子里的花香融在一起，像一幅生动的水墨画。

这样的人自然逃不脱"文化大革命"的批斗。1966年8月的一天，目睹了心爱的字画当场被烧，传世古琴当场被砸之后，73岁的溥雪斋不堪凌辱离家出走。有人说他投河自尽了，也有人说他藏在了祖宗的东陵里。一代名流不知所终，永远融化在天地大荒之间。给世人留下的，只有一曲清俊高雅的《鸥鹭忘机》。人能忘机，鸟即不疑；人机一动，鸟即远离。

最近几年，古琴之风一下子在北京兴盛起来，有了职业的演奏者、职业教师，而更多的是普通爱好者。诚然，一片纯洁留不住，繁华都市中的习琴者和教琴人抱有各种不同的目的。其中确实也不乏确想追寻古琴真谛的人。那缥缈的天际之音可以给以嘈杂都市里终日繁忙的人们片刻安宁，给他们的躯体注入一种淡定的力量。他们未必能学多少曲子，但古琴真正传达给人的恰恰并不是曲子，而是理念。

在柳荫街一处小院的陋室里，我见到了王实先生。他正穿着背心卖力地用锛凿斧锯等等工具加工一块一米多长，一寸来厚的木板。汗珠从他圆圆的头顶滴答滴答落个不停，落在木板上，湿了一大片，没等干透就被黄粉似的锯末覆盖了。他在斫琴，在仿制那张著名的九霄环佩。

王实是个普通的琴人，曾在政府机构、外企、私企辗转了一大圈，有过太多的烦恼与坎坷，后来机缘巧合遇到了古琴，进而为琴所感动，以琴为知音，抚琴、教琴，并最终放下身边琐事拜名师学习斫琴，这一学就是四五年光景。

"古琴与其他乐器不同，其他乐器是演奏给别人听的，而古琴更多的是弹给自己听的，或者说是听到自己心灵之音。教琴者和学琴者从长远讲本质上是同学，他们共同的老师只有琴。"王实对琴的理解与众不同。在他看来，听琴更多的是听"弦外之音"，勾、剔、抹、挑之间无不是抚琴者的人生感受。琴者，情也。凡人之情，皆触于心，发于声。同一首曲子即使是同一个人来弹，不同的心境下听起来的感觉可能截然不同。这就使得每一次演奏其实都是不可重复的唯一一次。或许，这正是古琴的玄妙吧？

他琢磨过上千把琴，有古人所制，也不乏今人新斫。但他觉得现在的琴大多没有下足古人那份心思，却一味追求发挥木质与音响系统的极限。"若论音量和感染力，古琴再怎么做也比不上西方乐器。然而古琴是为了引导人听到自己的心声，而不是取悦或炫技。"

　　"椅桐梓漆，爰伐琴瑟。"在那些行将逝去的工艺里，必藏着智慧的精灵。他的理想是完全按照古法斫出一把真正的琴。为此，他拖着病腿去福建深山寻找历经百年风雨的老杉木；为此，他寻访掌握古法炼漆工艺的老师傅学习漆艺；而他用的弦则是传统的丝弦，不是流行的钢弦……或许，唯有沿着蜿蜒流逝的文化长河溯流而上才能寻访到一方文明的圣土。对于身为中国人的我们，或许那里才是心灵的憩园。

　　一曲《良宵引》，曲律虽简，却有天地之声，更有琴者的心声，是淡泊远志的情感抒发，更是纯化灵魂的大美之音。其实，古琴之美正在于用最少的音表达了最深邃的思想。抚琴者貌似放松和悠闲，却是正在专心致志地与自己内心进行严肃的对话，而其心底正在寻求自在与解脱。就在琴韵流动之间，他们捕捉到灵光一现的刹那，心智也随了那环佩相触般的美妙声响升华到九霄。